平湖秋月

放鶴亭

广雅

聚焦文化普及,传递人文新知

广大而精微

胡山

张岱 与 他的美学世界

老 桥 - 著

广西师范大学出版社
·桂林·

湖山：张岱与他的美学世界
HUSHAN: ZHANGDAI YU TA DE MEIXUE SHIJIE

图书在版编目（CIP）数据

湖山：张岱与他的美学世界 / 老桥著. -- 桂林：广西师范大学出版社，2024.3（2024.7 重印）
　ISBN 978-7-5598-6582-3

Ⅰ．①湖… Ⅱ．①老… Ⅲ．①随笔－作品集－中国－当代 Ⅳ．①I267.1

中国国家版本馆 CIP 数据核字（2023）第 228596 号

广西师范大学出版社出版发行
（广西桂林市五里店路 9 号　邮政编码：541004）
　网址：http://www.bbtpress.com
出版人：黄轩庄
全国新华书店经销
广西民族印刷包装集团有限公司印刷
（南宁市高新区高新三路 1 号　邮政编码：530007）
开本：880 mm ×1 240 mm　1/32
印张：8.125　　　字数：140 千
2024 年 3 月第 1 版　2024 年 7 月第 3 次印刷
印数：7 001~10 000 册　定价：78.00 元

如发现印装质量问题，影响阅读，请与出版社发行部门联系调换。

序 言

追尋張宗子的世界

二十世纪八十年代初的一天，我在单位图书馆的一角发现一本盖着"大批判材料"蓝色方形图章的书，书名是《陶庵梦忆》，作者是明代张岱。书不厚，书皮已经有些破烂，满是灰尘。好奇的我将书悄悄插进裤兜带回了家。此时的我还没有意识到，这位晚明才子张岱将影响我的一生。趁着夜深人静，我一页一页地读着，越读越不愿意放手，不知不觉中，窗外大亮。从此，张岱的书成为我的"铁枕头"，几十年没有换过。

晚明时期是一个特殊的时期，此时的文人面临着朝代的更迭，甚至是死亡的威胁，但是这一切来临之前，他们没有一点知觉。1627年8月，明熹宗朱由校去世，他的弟弟朱由检，明朝最后一任皇帝继位，改国号为崇祯。第二年，也就是崇祯元年，朱由检起用袁崇焕任兵部尚书，督师蓟辽，以御后金。当年陕西大旱，民不聊生，延安张献忠、米脂李自成率民暴动，这场葬送明朝三百年基业的农民起义伴随着崇祯皇帝的一生，直到他被推翻，自缢煤山。

明史专家吴晗先生曾在他的一篇文章《晚明仕宦阶级的生活》中说道："晚明仕宦阶级的生活，除了少数的例外（如刘宗周之清秀刻苦，黄道周之笃学正身），可以用'骄奢淫逸'四字尽之。"经历了两百多年的稳定政局，晚明的文人们享受着社会经济带给他们的闲逸。尤其江南地区，距离北方边境很远，边境的紧张与日常生活几无关联，此时的他们无论当官或是隐居，都把中国文人的生活发展到了极致。这一时期，明代的诗文也得到了长足发展，给后人留下了许多文化遗产。纵览苏州、杭州、绍兴地区文人们的活动轨迹，就可以看出在当时，"玩"是一种极为盛行的生活方式，张岱正是其中最具代表性的人物。

张岱，一名维城，字宗子、石公、天孙，号陶庵、蝶庵、古剑老人、六休居士，山阴（今浙江绍兴）人。祖籍四川绵竹，故常自称"蜀人"。张岱生于明万历二十五年（1597），卒年说法不一，有六十九、七十余、八十八、九十三岁等说法。因有康熙二十三年（1684）所作《修大善塔碑》传世，足可证明张岱至少是在八十八岁之后去世。《张岱年谱简编》载，张岱享年九十三岁，有六子七女，并七个孙子。康熙二十八年（1689）张岱逝世，葬于山阴项里预营之生圹。

张岱是明清之际的文化奇才与巨匠。从明末到近代，诸多文人名士对其赞赏不已，从他们留在张岱文集或序或跋的文字中，可以看出对他的极高赞誉。张岱不仅著作等身，对散文、诗词、戏曲、园林、音乐、书法、收藏、美食的研究也达到一个时代的高度，还通晓天文、历法、舆地、文字、音韵、经学、史学等。那个年代，群星璀璨，张岱凭其渊博的知识、深厚的学养，以及对喜爱之事的深度钻研，跻身于大家之间。

张岱出身名门望族，家业厚泽，前半生是在繁华和享乐中度过的。丰厚的物质生活滋养了这位世家子弟的广泛爱好和多项才艺。他在六十九岁时自撰的墓志铭中毫不掩饰地说:"少为纨绔子弟,极爱繁华,好精舍,好美婢,好娈童,好鲜衣,好美食,好骏马,好华灯,好烟火,好梨园,好鼓吹,好古董,好花鸟,兼以茶淫橘虐,书蠹诗魔。劳碌半生,皆成梦幻。"喜欢一件事不难,常人多有倾心之事,难得的是张岱能玩到极致。"懂生活,会生活,生活与美,与艺术乃至学问密切相关。吃能吃出文章、学问,玩能玩出名堂、艺术。"著名明代文学研究专家夏咸淳如是说。

不过,他这个绝世玩家也是由家庭背景所造就的。因为要想玩出点名堂,不仅需要雄厚的经济实力,还得有宽裕的闲暇时间。有人说,科技是忙出来的,文化是玩出来的。细观今日的文化遗产,很多都是当年有闲财、有闲时的纨绔子弟玩出来的。他们懂得生活,也能在生活中有所发现。只要喜欢,样样在行,件件求精。张岱家学渊源,从他的祖父到父亲、叔父,再到他这一辈,都是玩出来的生活美学家。

张岱喜欢美食,吃遍江南。"越中清馋无过余者,喜啖方物",其咏方物诗三十六首,分别咏赞三十六种蔬果美味,堪为一绝。"远则岁致之,近则月致之,日致之,耽耽逐逐,日为口腹谋"。此句读来颇有同感,今日交通便利,为美味佳肴,宁可飞一趟,不惜费用的大有人在。张岱有大量诗文,细致描写钟爱的美食,从食材产地到烹饪技法,再到口感品相,句句皆专。张岱对祖父张汝霖与朋友合著的《饕史》四卷作了修订并为其写序,而成《老饕集》,使美食成为一种学问,成为生活美学的一部分。

张岱喜欢茶,自称"茶淫"。他对茶的种植、采摘、制作、存储等都有很深的研究,对产地、水源、工艺有很高的鉴别能力。难怪南京著名茶人闵汶水视他为忘年知己。他和三叔张炳芳自制的兰雪茶名满当地,多有人炮制。张岱对茶的爱延续了一生,即使后来逃逸到山里隐居,喝不到好茶,犹记得当年"兰雪"的缕缕沁香。从《陶庵梦忆》关于茶的散文中,可以领略张岱对茶的研究、鉴赏水平,重要的是,他对茶的描述绝不同于其他作者教科书式的讲解,嚼之无味,读之欲眠。张岱把对茶的认识带进人物、故事和环境,使人读来耳目一新,兴味浓浓。《闵老子茶》就是人物、情结、知识、趣味兼备的一篇美文。

张岱喜欢戏曲，家中三代延续，办家班，教新伶，一茬一茬，换了很多名伶，他也成为名震地方的总教。在《陶庵梦忆》中，他写了二十几篇和戏曲有关的文章，从编剧到角色，从伴奏到曲谱，从布景到灯光，从戏台到楼船。仅仅《冰山》一出戏改编的速度之快，就把兖州的刘守道惊得目瞪口呆。更要紧的是，他在演员中享有很高的声望，从来没有把演员当作下人、贱人。他们之间的感情和信任促使他们在戏曲创作上共同合作，将斯时的戏曲水平提升到了相当的高度。

张岱喜欢行旅。"余少爱嬉游，名山恣探讨"，《陶庵梦忆》中，关于行旅的文章竟占三分之一。他的行旅小品文绝不是一般意义上的游记，他所观察的角度和捕捉的细节，往往人所未见。虽然喜欢行旅，但他的旅行范围并不广远。从他的文章中可以看出，他绝对受不了徐霞客那样的艰苦旅行，也不会写厚厚的游记传世。他钟爱的方式与众不同，前往某地，寥寥百字，便生动记下其环境、民风、所访诸友、所感诸事，且语言诙谐，读来令人身临其境。尽管是游记，他也是把人物作为主角，别人在赏月，他在观察赏月的人，别人在春游，他在捕捉春游人的内心世界。即使名胜之地，他也会通过人的行为表现美的景致。一生之中，尤爱杭州，有文记载的就达十一次，他对杭州似乎比家乡绍兴还要熟悉。读《西湖梦寻》，感觉到的是不一样的杭州。

不一一列举张岱钟爱之事，张岱美学观念的形成有一个长期的过程，从五十岁之前身居世家的优渥安逸，到清兵入关、绍兴沦陷后的颠沛流离，归隐山林后，终臻化境。这个自认学识完全可以应对科考的学子，为了家族荣光，也曾应试，但始终与功名无缘。后来，他看厌了八股这个"劳什子"，决定放弃科考，但并未因放弃而万念俱灰，而是专心致志地沉迷于自己的爱好。他记风俗，察人情，访名胜，赏山水，结交名士异人，悠游于文学艺术之中，发奋著书，留下了许多传世的生活美学知识。我们庆幸的是，如果张岱成了一位县令、一位州官，我们今天恐怕读不到这么多优雅的诗文，赏不到这么多令人眼前一亮的好玩意儿。

因为喜欢张岱的文章，我读遍了他传世的所有著作，从中看出张岱的文化素养与其家族有着千丝万缕的联系。清兵入关那一年，张岱人生正好过半——有的资料说是四十八岁，有的说是五十岁，前半生锦衣玉食、奢华繁缛，后半生饥寒落魄、形如野人。

张岱留下的著作中最值得称道的是《陶庵梦忆》《西湖梦寻》，其他如《夜航船》《琅嬛文集》等也堪为佳作。最使人惊叹的是，他历时二十七载完成了《石匮书》的写作。此时的他已是一介布衣，在那个饥寒穷困、信息极度闭塞的年月，经历了什么样的煎熬，就不得而知了。我们今天读到的有着强烈晚明风格的张岱散文，以及文章记载的各类文化生活的细节，文字是那么简练干净，描述是那么细微精致，人物是那么活灵活现，以至于我今天的文字不免受到他的影响。

张岱一生最欣赏的人，远有陶渊明、苏轼，近有徐渭、袁宏道。徐渭与张岱是同乡，张岱虽没有见过他，但其祖上曾经与徐渭有深交。袁宏道是湖北公安县人，其兄弟三人皆为明朝著名文学流派"公安派"的领袖人物，彼时袁宏道的文章已是名满天下。

袁宏道最初看到徐渭的诗集，惊呼不已，写了长文《徐文长传》，对其赞誉有加。不能不说，张岱的文风受到徐渭及公安派的影响。

生活中既有美也有丑，当你总是在生活中发现和寻找美的时候，你的心情一定是愉悦的，充满期待的。张岱对生活之美的极致追求，好奇自然是重要的动力，但也离不开生活圈子的耳濡目染，诸如二叔张联芳的收藏和斗鸡、三叔张炳芳的制茶。张岱亲自实践，练就了他的鉴赏本领。追求极致是他的目标，他并不是喜欢一种两种，浅尝辄止，而是对所有好玩的都要涉猎，静可著书、赏画，动可狩猎、斗鸡，无所不能。近现代如袁克文、张伯驹、王世襄等人，亦承其遗风，玩出了中国文化的细节。张岱的审美观念渗透了生活的方方面面，衣食住行，吃喝玩乐，琴棋书画、曲词歌舞、行旅山水，他的文章体现了生活的美、文字的美，使他的美学思想在今时今日，得以延续和实践。美国汉学家史景迁在他的著作《前朝遗梦》中说："直到接触到张岱的《陶庵梦忆》，我明白我已经找到方向，能帮助我去思索四百年前的生活与美学。"

　　研读张岱的美学思想后，我有一个发现，就是他与苏东坡有某种惊人的相似。第一，东坡与张岱都喜欢陶渊明，两人都曾经写过《和陶集》，陶渊明的隐士思想对曾经有过重大磨难的两人来说，影响都很深刻，尽管生活窘迫，依然向往精神的自由与愉悦。第二，东坡与张岱都对生活保持乐观的态度。越是艰难之时，越能体现出其性格的顽强，对时事的豁达，对人事的宽容。第三，东坡与张岱都对所爱之事保持浓厚兴趣与高度专注。东坡对美食、书画、诗文、行旅，无一不精，对张岱有较大的影响。除了陶渊明以外，两人都喜欢唐代的白居易，其诗文都受其影响。

　　我认为，性格虽然决定命运，但性格不完全是天生的，它与个人的经历有着重大的关系。两人的性格在某种程度上，是一种跨时代的契合。当年东坡外谪海南，也有"老死海南村"的打算。但是面对荒蛮的环境、难以下咽的食物、屈辱的待遇，仍然能顽强地活下去，乐观豁达，坚忍不拔，这就是东坡性格。唐代的李德裕，同朝的寇准、赵鼎等人困死在贬所，差别就在此。张岱也是如此，清兵入关改变了命运，由繁华到衰败，由富足到穷困，这样的落差也不是每个人都能承受的。夏咸淳先生说："逢年过节，箪食瓢饮，粗米薄醑，岱也不改其乐。豁达乐观、诙谐幽默是张岱处贫困而不改志节、不辍笔耕，最终在品格、学问、文章诸方面达到一生光辉顶点的一个原因。也是他得享高寿的一个秘诀。"不是说张岱怕死，而是他活下去自有他的道理。

明朝覆亡后，张岱的诸多亲朋，纷纷选择跳河、绝食、自缢，走上了人生绝路，而他始终认为自己还是明朝人，有诸多使命没有完成，要为了明朝继续活着。在《自为墓志铭》中，他言明自己的身份仍是明朝遗民。那时的他怀着国破家亡的无限惆怅，给自己写下一生的注解，"任世人呼之为败子，为废物，为顽民，为钝秀才，为瞌睡汉，为死老魅也已矣"，大约想不到，此后他还有漫长的余生，要在飘摇中确认坚持的意义，直到鲐背之年。穿越无尽长夜，三百多年后的今日，我掩卷轻叹，幸得他坚持，我才未错失这位绝世之才、终身知己。

目 录

追尋張宗子的 序 言 世界

西湖 第一章 雪
西湖雪
001

山陰 第二章 茶
山陰茶
031

江南 第三章 食
江南食
059

快園 第四章 憶
快園憶
085

第五章 金山 113	章夜 金山
第六章 兰亭 141	章友 兰亭
第七章 秦淮 169	章月 秦淮
第八章 龙山 191	章灯 龙山
第九章 陶庵 219	章梦 陶庵

崇禎五年十二月余住西湖大雪三日湖中人鳥聲俱絕是日更定余拏一小舟擁毳衣爐火獨往湖心亭看雪霧淞沆碭天與雲與山與水上下一白湖上影子惟長堤一痕湖心亭一點與余舟一芥舟中人兩三粒而已

張岱之湖心亭看雪節錄老橋書

西湖雪

第一章 西湖雪

湖山

己亥冬，北方一场大雪，冰天雪地，银装素裹。据说是近几年来最大的一次降雪，温度也随之下降。我每年来三亚过冬，已是第三个年头了。清晨的三亚，海风是清爽的，阳光是酷热的，并不像海口那样潮湿闷热。我在三亚的书斋很小，十几平米，有一扇窗户是面对大海的。通过两栋楼的中间，可以看到碧蓝的海水和大海远处的天际线。画案上方悬一横幅书法作品，仿照平遥日升昌票号客厅匾额，以我个人风格的隶书写着："怡神养素之轩"。书案前摊着一本浙江古籍出版社精装版《陶庵梦忆》。

前几日，一位从事文化研究的学者朋友来电，请我抄录一幅《陶庵梦忆》中的小文《湖心亭看雪》，并且指明要用小楷，说要挂在书房添几分清雅。我自己都不记得抄录过多少次这篇小文，用小楷，也用小行书，用花笺，也用彩染蜡笺。一方端砚，一笏松烟，一款十竹斋花笺，研墨之间，谋篇布局。对于张岱的文采，我是极为推崇的。读《湖心亭看雪》，寥寥一百五十九字，就把大雪后的西湖景色、观景的人物，用几个意想不到的量词表现得无与伦比。"湖

西湖雪

上影子,惟长堤一痕,湖心亭一点,与余舟一芥,舟中人两三粒而已。"

庚子春月,我再一次来到西湖,临近黄昏,夕阳西下。湖水倒映着孤山,山顶似乎镶着一条金色的光边,我叫了一条船向湖心亭驶去。如今湖心亭已经不让登岛了,小船只能围着湖心亭绕两圈。这里游船比较少,非常安静。湖水拍打着船身,水声与桨声合着节奏。我默默地望着不远处的湖心亭,脑海里浮现的是三百八十八年前的那一个雪夜,一条小船载着张岱上了湖心亭。在亭子里,他遇到两位来自金陵的客人,被强逼着喝了一大杯酒才离去。我想象着张岱的小船停在那里,亭子里三个人烤着炉火,身穿毳衣,端着酒杯,看着雪后西湖,世界如此安静,唯有他们交谈的声音被风吹得很远。

"先生,天色不早了,该收船了,咱们往回返吧!"

"好的。"我收回思绪,冲着船工点了点头。此时的西湖,桨声灯影,更安静了。

崇祯五年(1632),这一年张岱三十五岁,距离

湖山

清兵入关还有十二年。此时的张岱既有殷实的家境，也有闲散的精力，去做大雪之日"拥毳衣炉火"、挐一叶小舟去湖心亭看雪的痴相公。说张岱痴，还真不止这一件事。我以为《湖心亭看雪》是描写冬日西湖最美的小品文，大概不只是我，许多钟情书法小品的书家写过这篇短文。美文与佳书，本就是雅事一件。其实湖心亭之美，不在冬天。明人张京元曾经描写湖心亭的美景，说："湖心亭雄丽空阔。时晚照在山，倒射水面；新月挂东，所不满者半规。金盘玉饼，与夕阳彩翠，重轮交网，不觉狂叫欲绝。"西湖美景在夕阳，在月夜，在冬雪。

绍兴距离杭州不太远，住在绍兴的张岱最喜欢杭州，尤爱西湖，可以说他踏遍了西湖周边的山山水水、大小寺庙、亭台楼阁。正如张岱好友王雨谦在《西湖梦寻》序中说："张陶庵盘礴西湖四十余年，水尾山头，无处不到。湖中典故，真有世居西湖之人所不能道者，而陶庵道之独悉。"可见张岱对西湖的熟悉程度远高于当地常居者。

辛亥（1671）七月，时年张岱七十五岁，忆西

西湖雪

湖七十二文,终于结为《西湖梦寻》。张岱如是说:"余生不辰,阔别西湖二十八载,然西湖无日不入吾梦中,而梦中之西湖,实未尝一日别余也。"成为前朝遗民之后,张岱也曾在甲午(1654)、丁酉(1657)两至西湖,去了涌金门、商氏的楼外楼、祁氏的偶居、钱氏和余氏的别墅,还有自己家的寄园。此时的西湖沿岸湖庄,仅存瓦砾,他梦中的西湖所有,反倒成了西湖所无。从断桥望去,弱柳夭桃、歌楼舞榭,如同被洪水淹没,"百不存一"。

古代文人都喜欢在西子湖畔留下自己的诗文,似乎不留点东西,都不好意思自称文人。无论是白居易还是苏东坡,无论是林逋还是袁宏道,寄情写景,考古论证,连西湖边墓中的遗骸也要书写一番。在《西湖梦寻》中,张岱收集了历朝历代文人雅客描写西湖的诗词,也写了很多赞美西湖的诗词。《西湖梦寻》的首篇《明圣二湖》被人评为描写西湖的最佳文章。

张岱多少受苏轼的影响,不仅将好茶比作佳人,连描述西湖也学苏轼"若把西湖比西子,淡妆浓抹

湖山

总相宜"。文中从鉴湖说起,其名声早过西湖,北宋时期,西湖的名声才因文人墨客的名篇佳作广为流传,后来居上。武汉东湖的景致不亚于杭州西湖,只是缺少了名篇佳作传世,少了些人文情怀和古今轶事。西湖唐代时有白居易,北宋有苏轼、林逋、辩才法师等。南宋时,临安为偏都,自然成为官宦文人、伶人佳丽向往的地方。历朝历代无以数计的名篇佳作,张岱在明末对其进行了一次总结。张岱在文中还提到了湘湖。张岱的兄弟余儒将西湖比作美人,将湘湖比作隐士,将鉴湖比作神仙。张岱对这样的比喻不以为然,他认为:"余以湘湖为处子,眠娗羞涩,犹及见其未嫁之时;而鉴湖为名门闺淑,可钦而不可狎;若西湖则为曲中名妓,声色俱丽,然倚门献笑,人人得而媟亵之矣。"

张岱说游西湖,应如董遇读书三余,即"冬者,岁之余;夜者,日之余;雨者,月之余"。古人"虽在西湖数十年,花钱数十万,其于西湖之性情、西湖之风味,实有未曾梦见者在也"。不止《明圣二湖》一文,张岱还有三首诗可与古人相媲美,一曰:"追

西湖雪

想西湖始，何缘得此名。恍逢西子面，大服古人评。冶艳山川合，风姿烟雨生。奈何呼不已，一往有深情。"又曰："一望烟光里，苍茫不可寻。吾乡争道上，此地说湖心。泼墨米颠画，移情伯子琴。南华秋水意，千古有人钦。"再曰："到岸人心去，月来不看湖。渔灯隔水见，堤树带烟模。真意言词尽，淡妆脂粉无。问谁能领略，此际有髯苏。"有人说张岱的诗浅薄，大凡一读就懂的诗，总容易被冠以浅薄之作。在我看来，张岱写诗，固有其诗脉可寻，早期学徐渭，后来学袁宏道，用心最苦的是学钟惺、谭元春，但其诗心，却深受陶渊明、白居易和苏轼的影响，所以他的诗深入浅出，好读易懂。

己亥冬月，恰逢宋代大画家文同诞生一千年，我专程从三亚飞往杭州观看专题展览。这一天是阴历十五日。其时，资深出版人、小友冯俊文正好也在杭州修行。晚饭后，他陪我游览西湖。先行至孤山之下，拜谒林和靖墓后，又转到平湖秋月景点，此时天已大黑。向北望去，一轮圆月挂在天空，近而大，月中影如吴刚桂子、玉兔嫦娥。天高月明，清光熠

湖山

熠。湖面倒映，如洒金蓝宣。来过多次西湖，这是很难得的一次西湖望月。尽管是晚上，但是周围并不安静，湖上有零星游船还没有靠岸，船桨声与游客的交谈声，随着湖面传出很远，听得真切。岸上人流熙攘，呼爹喊妈，有点闹心。想起张岱的诗句："到岸人心去，月来不看湖。"此时体会到，只有到了西湖，看到天上之明月，湖中之倒影，心境才平静下来。张岱曾写《西湖十景》诗，其中为"平湖秋月"所作绝句曰："秋空见皓月，冷气入林皋。静听孤飞雁，声轻天正高。"似乎看到三百多年前的他凭栏望月，风吹动着他的衣袂，飘飘如神仙。也许那时候的"平湖秋月"没有现在这么闹吧。

张岱的《西湖十景》诗，并没有被多少人记住，我觉得他的诗虽不如文，但他的文又尤似诗。《西湖十景》中还有一首吟"三潭印月"："湖气冷如冰，月光淡于雪。肯弃舟三潭，杭人不看月。"前面是"看月不看湖"，这里却是"杭人不看月"，大约是山阴人张岱对杭州人"看湖不看月"的一种自视清高吧。到头来看，还是苏轼的胸襟宽广——"西湖天下景，

西湖雪

游者无愚贤。深浅随所得,谁能识其全?"其实杭州人最爱白天看湖,晚上看月。

春天到西湖是最佳季节,沿岸嫩柳拂掠湖面,桃花倒映水中,湖畔游人如织,刚刚脱下臃厚的棉衣,着艳丽多彩的春衫,如春花点点,在湖畔缓缓游走。正应了张岱的《西湖十景》中"苏堤春晓"那一首:"烟柳幕桃花,红玉沉秋水。文弱不胜衣,西施刚睡起。"张岱引东坡"欲把西湖比西子,淡妆浓抹总相宜"的典故,把春天的西湖比作刚刚睡醒、慵懒娇憨的西施。三百多年前西湖的春天,比今如何?今天游西湖的人中,多了些纯粹为了健身而快步如飞的人。对西湖过于熟悉的人,反倒不把眼中美景当回事了。犹如鱼不知水之重要,人不知空气之重要。

《西湖十景》中"雷峰夕照"一首曰:"残塔临湖岸,颓然一醉翁。奇情在瓦砾,何必藉人工。"小时候读鲁迅杂文《论雷峰塔的倒掉》,说实在的,那会儿也读不懂。历史上雷峰塔倒掉也不是一次两次。最近去杭州,路过新建的雷峰塔,我没有进去。我有个怪癖,新建的仿古建筑都不去看,包括四大名

湖山

楼，水泥钢筋，瓦无瓦，砖非砖，连斗拱飞檐都是假的。我以为，古时的建筑即使是残垣断壁，也有古意，值得缅怀。新建的仿古建筑，即使建得再豪华奢侈，距离古意远矣。不只我持这个观念，你看张岱晚明时便知"寄情在瓦砾，何必籍人工"。

张岱在《西湖梦寻》中也提到了雷峰塔："雷峰，南屏山之支麓也。穹窿回映，旧名中峰，亦名回峰。宋有雷就者居之，故名雷峰。吴越王于此建塔，始以十三级为准，拟高千尺。后财力不敷，止建七级。古称王妃塔。元末失火，仅存塔心。雷峰夕照，遂为西湖十景之一。"

我每次去杭州几乎都住在同一家酒店——凤凰山庄，距离西湖胜景"柳浪闻莺"也就六百多米。下午的暖阳绵绵地照在人的脸上，光在湖面上跳跃，逼着人眯缝起眼睛。一个人来到湖边，躲开嘈杂的游人，独自坐在湖边的石凳上，静观沿湖大片的荷花，风翻荷叶亦如浪，水打菡萏皆有香。也可以静静听着湖中的橹声与柳树间的鸟鸣，不一定是黄莺，不知名的鸟居多，但我还是记起张岱那首写"柳浪闻莺"

西湖雪

的诗:"深柳叫黄鹂,清音入空翠。若果有诗肠,不应比鼓吹。"缘此,我总是住在这里。

根据张岱年谱记载,他一生去杭州,有文可考的便达十一次。八岁随其父亲第一次去杭州,遇到了大文豪陈继儒。陈继儒对他大加赞赏,夸其"灵敏",还称他为"小友"。其后很长时间张岱是否造访杭州,并无记载。直到二十八岁,他前往灵隐寺山下的岣嵝山房读书,持续多久并不知道。张岱最后一次去杭州是顺治十四年(1657),这一年他六十一岁,专程前往西湖,拜访灵隐寺高僧弘礼具德。此后二十几年直至去世,他再没去过杭州,西湖诸景,终成旧梦。

由于家族鼎盛,张岱一生与许多名人相识。祖父及父亲这一代,有陈继儒、徐渭、袁宏道等。加之叔辈们在京做官,那时有名望的人都在西子湖畔建有自己的住宅。不能不说,张岱家族的人脉资源为他提供了广泛的圈子,使他在诗文、书画、文玩、茶酒、美食、园林等方面有着异常丰厚的知识储备,以至其审美的角度与旁人不同。在其他章节中,我们

湖山

还会逐步了解。此时,我们还是沿着张岱的导游图继续信步西湖。

《西湖梦寻》是从西湖北路写起,然后是南路、东路、西路,最后写西湖外景。这也是我最喜欢走的一条路线。

每一次去杭州,我都要从西湖东南角开始,沿着西湖南路向西步行。这是一条单行线,车流量很大,要不断地躲车让人。沿途经过雷峰塔,拐向西,前往孤山。《水经注》说:"水黑曰卢,不流曰奴;山不连陵曰孤。"孤山梅花峪介于两湖之间,四面岩峦,一无所丽,故曰孤也。说起孤山,不能不提宋代林逋。张岱对林逋推崇有加,因为他喜欢这样幽隐且有品位的人。孤山之上多梅树,据说是林逋放鹤的地方。当时林逋隐居孤山,宋真宗时,朝廷邀请出仕,被他谢绝,于是真宗赐称"和靖处士"。他养有双鹤,有时候乘小舟去周边寺庙访僧,如有客来找他,童仆就开笼放鹤。鹤入云中盘旋,林和靖看到,必定乘艇返回。林和靖临终前留绝句曰:"湖外青山对结庐,坟前修行亦萧疏。茂陵他日求遗稿,犹喜曾

西湖雪

无封禅书。"

林和靖的墓在孤山之下，我每次走到这里，总要多站几分钟，心里默默地吟一句他的咏梅诗句："疏影横斜水清浅，暗香浮动月黄昏。"另有一句是卓敬所写的怀念林和靖之诗："雪冷江深无梦到，自锄明月种梅花。"我常常写后一句给朋友装点补壁，非常清雅，也算是对和靖处士的一种缅怀。张岱所书林和靖墓柱铭，倒是非常贴切："云出无心，谁放林间双鹤；月明有意，即思冢上孤梅。"

张岱出于对袁宏道的钦佩，多引袁的诗文来为自己文章做旁证。袁宏道对林和靖的缅怀是另一种形式，他的小品文《孤山小记》云："孤山处士，梅妻鹤子，是世间第一种便宜人。我辈只为有了妻子，便惹许多闲事，撇之不得，傍之可厌，如衣败絮行荆棘中，步步牵挂。"袁宏道对婚姻的观念倒是非常现实。世间人哪能都像和靖处士？我在另外一篇文章中说过，林和靖看似隐居孤山，其实一点都不寂寞。他的两个侄子在朝廷为官，多有替他宣传，那时在江湖上混，也是要有圈子的，否则一位隐居的

湖山

处士焉能名满天下？行走孤山下，拜谒处士墓，感慨万千，边走边吟，一首绝句竟脱口而出："孤山不孤尽诗才，断桥不断荷自栽。梅花早已凋零去，已无仙鹤报客来。"

晚明时期的李流芳是一位诗书画大家，字长蘅，晚号慎娱居士、六浮道人，安徽歙县人。李流芳久居上海，常到杭州来游西湖。他曾题《孤山夜月图》曰："曾与印持诸兄弟醉后泛小艇，从孤山而归。时月初上新堤，柳枝皆倒影湖中，空明摩荡，如镜中，复如画中。"李流芳是位画家，所以他的笔下诗文多有画面感。徐渭也有《孤山玩月次黎户部韵》一诗，其中有句曰："举酒忽见月，光与波相映。西子拂淡妆，遥岚挂孤镜。座客本玉姿，照耀几筵莹。"徐渭是个怪人，诗书画文皆与众不同。我有一次去绍兴，本来是去寻找张岱的快园，结果在青藤书屋里呆坐了一个下午，也觉得自己浸染了一些怪相。

孤山顶上有一间茶社，非常简陋，屋里屋外摆几张折叠桌椅。我总是要一杯当年的新龙井，不论好差，泡在玻璃口杯中，淡淡的豆香味顺着热气冉冉飘

西湖雪

升。我选一张面向西湖的桌子,看着湖中往来的游船、苏堤上拥挤的人流,也可以看到南面新建的雷峰塔,正应了袁宏道的诗句"前倾一湖光,缩为杯子大"。大约一个小时,由山上经西泠印社、黄宾虹雕像,再到楼外楼吃午饭。饭后沿着西湖北路向东步行,然后拐向西湖东路,在湖边找一家颇讲究的茶社,喝一杯上好的龙井,继续向南,回酒店休息。

说到此,一定要再提一提晚明文学大家、"公安派"领军人物袁宏道和张岱家的关系。袁宏道(1568—1610),字无学,又字中郎,号石公,又号六休,湖北公安人。十六岁即为诸生,结文社于城南,自立为长,社内三十岁以下的社员都听他约束。二十一岁中举,第二年进京应礼部试不中。他深受当时大思想家、文学家李贽以自然人性反理学的影响。袁家弟兄三人,袁中道、袁宗道、袁宏道,皆与张岱的父亲有交情,但袁宏道去世较早,享年四十三岁。袁宏道去世那一年,张岱刚刚十四岁。

袁宏道在另一篇西湖游记中记录了西湖的另一番景致,此时是西湖最美的季节——春天。"一日之

湖山

盛，为朝烟，为夕岚。今岁春雪甚盛。梅花为寒所勒，与杏桃相次开发，尤为奇观。"朋友和袁宏道讲，傅金吾家园子里的梅花正开，张功甫家有老物件可观。但是，他正被盛开的桃花深深吸引，实在不忍离开湖上。"由断桥至苏堤一带，绿烟红雾，弥漫二十余里，歌吹为风，粉汗为雨，罗纨之盛，多于堤畔之草，艳冶极矣。"袁宏道还有一首咏西湖诗，被张岱引入《明圣二湖》。诗曰："龙井饶甘泉，飞来富石骨。苏桥十里风，胜果一天月。钱祠无佳处，一片好石碣。孤山旧亭子，凉阴满林樾。一年一桃花，一岁一白发。南高看云生，北高见日没。楚人无羽毛，能得几游越？"袁宏道曾经说"月景尤不可言"，花的形态，柳的含情，山的容貌，水的意境，别有一番趣味。这种快乐只可以留给山僧或是游客享受，怎么能给那些俗人说清楚。

张岱在五言诗《火德祠》中说："中郎评看湖，登高不如下。前倾一湖光，缩为杯子大。余爱眼界宽，大地收隙罅。瓮牖与窗棂，到眼皆图画。渐入渐亦佳，长康食甘蔗。数笔倪云林，居然胜荆夏。

西湖雪

刻画非不工,淡远长声价。余爱道士庐,宁受中郎骂。"可见张岱对袁宏道佩服之至。或许是念念在心,袁宏道诗文中的佳言美句,也常常被张岱拿来入诗,这应该不算是抄袭吧。

《西湖七月半》是张岱描写西湖的一篇佳作,角度可谓另类。他说,七月半的西湖没什么可看,只能看七月半游西湖的人,这些人分为五类:有"名为看月而实不见月者",有"身在月下而实不看月者",有"看月而欲人看其看月者",有"月亦看,看月者亦看,不看月者亦看,而实无一看者",还有"看月而人不见其看月之态,亦不作意看月者"。体察细致,可谓洞察人心。杭州人游西湖,一般是上午九十点出门,下午五六点回家,月升即离湖,如避仇人一般。唯有七月半这一晚,好得虚名,逐队争出,二鼓之前是最热闹的时间,人声鼓吹,如沸如撼,如魇如呓,如聋如哑。而真正赏月的人,来得最晚。官府宴席散去,岸上的人也逐渐散去,张岱一众的船慢慢靠岸,呼客纵饮。此时月如镜新磨,山复整妆。"韵友来,名妓至,杯箸安,竹肉发。月色苍凉,东方

湖山

将白,客方散去。吾辈纵舟,酣睡于十里荷花之中,香气拍人,清梦甚惬。"

我常常沿着张岱的脚步从西湖北路进入西湖景区,便到了"玉莲亭"。白居易曾任杭州太守,那时候太守的一项重要工作就是处理诉讼。当有贫困人家的人犯法,白居易就罚他在西湖畔种树,如果是富裕人家的人犯法,想要以钱赎罪,那就叫他在西湖清淤,开辟出几亩水田。当了几年太守,湖中荒地竟然全被开发,湖畔也是绿树成荫。白居易常来这里看山,乘着画舫,载着歌姬,赏繁花翠柳。后来此地的居民为了纪念他,建亭设像祀之。亭子临着湖岸,种了青莲,象征白居易的清廉。当年,白居易曾为玉莲亭赋诗曰:"湖上春来似画图,乱峰围绕水平铺。松排山面千层翠,月照波心一点珠。碧毯绿头抽早麦,青罗裙带展新蒲。未能抛得杭州去,一半勾留是此湖。"还有一首更为有名,是垂髫小儿就能背诵的名句,诗曰:"几处早莺争暖树,谁家新燕啄春泥。乱花渐欲迷人眼,浅草才能没马蹄。"

《陶庵梦忆》中有一篇《西湖香市》,记录了某

西湖雪

年花朝节的民俗活动,观察细微,角度独特,文如清泉,又如纪录片一般,画面历历在目,犹如在熙熙攘攘的人群中摩肩接踵而行。西湖香市是从花朝节,也就是农历二月初二开始,一直延续到端午节。各地香客,山东至普陀寺、嘉兴湖州进天竺寺进香,来的香客与西湖人一起做买卖,故曰香市,昭庆寺最为集中。张岱第一次随父亲来杭州,就是在昭庆寺读书,此处有"三代八朝之古董,蛮夷闽貊之珍异,皆集焉"。昭庆寺殿中,甬道上下、水池左右、山门内外,有屋的就摆摊,无屋的就摆厂,厂外又有棚,棚外又有摊,连成一片。"此时春暖,桃柳明媚,鼓吹清和,岸无留船,寓无留客,肆无留酿。"男男女女,老老少少,数百十万人簇拥于寺之前后左右,一直到四月才结束,"恐大江以东,断无此二地矣"。崇祯庚辰(1640)三月,昭庆寺发生一次大火,张岱专程到灵隐寺和具德和尚商讨重建事宜。崇祯辛巳(1641)、壬午(1642)年间,饥荒遍地。辛巳之夏,张岱又一次来到西湖,亲眼看到饿死的尸体,当年香市的繁荣风光荡然无存。

湖山

在此之前，袁宏道曾于万历二十五年（1597）二月十四日游西湖，写下了著名的《初至西湖记》，这一年张岱恰好出生。那一次，他从武林门向西，看见保俶塔屹立在层崖之上，心早已飞到西湖边。在昭庆寺喝茶毕，他立即乘一小舟入西湖，只见"山色如娥，花光如颊，温风如酒，波纹如绫"。袁宏道已经醉了，想用语言赞美西湖，却想不起一语，"大约如东阿王梦中初遇洛神时也"。

西湖北路还有一处大佛头。张岱考证，秦始皇当年东游入海，曾经拴缆绳于此石上。后来贾似道在里湖葛岭建别墅，南宋皇宫距此二十余里，贾似道只要听到朝钟一响，即可下湖乘船上朝，不用篙楫，而是用缆绳绞动盘车，"舟去如驶"。后来贾似道失势，后人便将此石镌为半身佛像，并用黄金装饰，建了一座殿，称为大佛院。张岱还讲了一个贾似道的故事。有一年，临安失火，贾似道与姬妾们正在斗蟋蟀，报告的人一拨一拨，但贾似道全然不顾，只是说烧到太庙再报。一会儿，有人来报，火已烧到太庙。贾似道乘小轿，由四名护卫保护，很快到了火

西湖雪

场，下令曰："焚太庙者，斩殿帅。"于是殿帅率领几十名勇士飞身上殿，一会儿就扑灭了大火。张岱说，贾似道虽是奸雄，但威严有余，令行禁止，也有过人之处。贾似道在西湖的别墅名为"半闲堂"，我对事不对人，颇喜这个名字，所以我的书斋也叫"半闲堂"，但是既无众姬妾，也从不斗蟋蟀。

张岱这一生其实也没有去过太多地方，最北不过山东泰安，大部分时间就在绍兴、杭州、苏州、南京一带活动。与大多有钱人一样，他的祖父在杭州西湖边也盖了一栋别墅，名曰寄园，所以他时有机会往来于杭州与绍兴。受历史、地理及人文的影响，许多文人雅客也常到绍兴，那时候的绍兴人自我感觉要比杭州人牛得多。

西湖景致极多，有人擅赏美景，未必能写出多美的诗文；有人能写美诗雅文，未必有缘邂逅美景，故而跟随张岱的眼光和笔触移步换景，也是一种美的享受。一处"十景塘"，也叫"孙堤"，一般游客很少知道。我们听得最多的是白堤和苏堤。孙堤在断桥下，是司礼太监孙隆于万历十七年修筑的，堤宽二丈，

湖山

遍种桃柳。张岱在文中说:"岁月既多,树皆合抱。行其下者,枝叶扶苏,漏下月光,碎如残雪。意向言断桥残雪,或言月影也。"《断桥残雪》诗中亦言:"高柳荫长堤,疏疏漏残月。蹩躠步松沙,恍疑是踏雪。"这却是个新解,过去只知道"断桥残雪"是冬天雪后断桥一景,在张岱的眼里不一定是雪,也可能是月影所至。

当年苏堤离城区较远,而孙堤可以直达西泠,"车马游人,往来如织"。再加上"两湖光艳,十里荷香,如入山阴道上,使人应接不暇"。这里提到了望湖亭。亭子在孙堤的尽头,近孤山。当年,这里建有华丽的露台,可以赏月宴请,笙歌剧戏。后来,卢太监舍以供佛,改名卢舍庵,而把孙隆像放置在佛龛之后。孙太监以数十万金装塑西湖,其功劳不在苏东坡之下。然而到底身份上不了台面,后人将其遗像幽囚面壁,不得见湖光山色,想见在天有灵,必定郁闷得很。

张岱引用的另一篇文章就是张京元的《断桥小记》,从另一个角度描述西湖。文曰:"西湖之胜,

西湖雪

在近；湖之易穷，亦在近。朝车暮舫，徒步缓行，人人可游，时时可游。而酒多于水，肉高于山，春时肩摩趾错，男女杂沓，以挨簇为乐。"可见古时的年轻人就喜欢在人群中寻找喜欢的异性，何曾有男女授受不亲之说。

张岱载谭元春《湖霜草序》说游湖以乘船为上，更有新意。谭在文中说他到了西湖："不寓楼阁，不舍庵刹，而以琴尊书札，托一小舟。而舟居之妙，在五善焉：舟人无酬答，一善也；昏晓不爽其候，二善也；访客登山，恣意所如，三善也；入断桥，出西泠，午眠夕兴，四善也；残客可避，时时移棹，五善也。"于是乎，受这"五善"的启发，我每次到西湖必挐一小舟，游荡于湖上两个小时，体会到古代文人有时候也是很矫情的。因为湖面风大，摇摇晃晃，晕晕乎乎，找不到古人的那点儿感觉。

白居易的《望湖楼》曰："尽日湖亭卧，心闲事亦稀。起因残醉醒，坐待晚凉归。松雨飘苏帽，江风透葛衣。柳堤行不厌，沙软细霏霏。"我学诗多学白居易，不矫情，不绕弯子，不朦胧隐晦，不掉书袋，

湖山

而且雅俗皆备,金句颇多。读这首诗即觉心有共鸣,朗朗上口,爽得不得了!

年纪大了就喜欢淡雅的书体,最近忽然喜欢董其昌的行书,而且尤爱其所书《杭州龙井山方圆庵记》。此文是南山慧日峰守一和尚所作,最初是请来杭州任职的米芾书写,米芾拜读后非常喜欢,书写两次,又写了秦观的《龙井记》。当年,米芾所书就刻石为碑,后来不知何时,石碑断裂,直到万历二十五年按旧拓本重新刻就。董其昌也曾学习米襄阳笔法,最终形成自己的风格。其帖洋洋洒洒数百字,清新淡雅,禅意悠悠。

因为与茶有关,所以关注龙井的相关文字。张岱对晚明时期龙井山的描写应该是比较真实的。他说:"南山上下有两龙井。上为老龙井,一泓寒碧,清冽异常,弃之丛薄间,无有过而问之者。其地产茶,遂为两山绝品。"他接着说,下龙井本名延恩衍庆寺,后汉乾祐二年改为报国看经院。宋熙宁中,改寿圣院,东坡书写匾额。绍兴三十一年,改广福院。淳祐六年,改龙井寺。元丰二年,辩才法师

西湖雪

从天竺归老于此,与东坡等交好。这里还有一段公案,元丰中,辩才法师在风篁岭。东坡访辩才于龙井,辩才送东坡到岭上。旁边的人惊呼:"上人过了虎溪。"辩才笑着说:"杜甫有诗'与子成二老,来往亦风流。'"后来便盖了一个亭子,起名"过溪",也叫"二老"。东坡以诗记下此事,诗曰:"日月转双毂,古今同一丘。惟此鹤骨老,凛然不知秋。去住两无碍,人天争挽留。去如龙出水,雷雨卷潭湫。来如珠还浦,鱼鳖争骈头。此生暂寄寓,常恐名实浮。我比陶令愧,师为远公优。送我过虎溪,溪水当逆流。聊使此山人,永记二老游。"

苏轼、米芾常来此地,与辩才法师多有公案,秦观也曾追随子瞻的脚步,应辩才法师的邀请,从吴兴来到龙井寺拜谒。他在路上遇到的参寥也是苏轼的好友,后来追随他到惠州。秦观的《龙井题名记》说:"元丰二年,中秋后一日,余自吴兴来杭,东还会稽。龙井有辩才大师,以书邀余入山。比出郭,日已夕,航湖至普宁,遇道人参寥,问龙井所遣篮舆,则曰:'以不时至,去矣。'是夕,天宇开霁,林间月

湖山

明，可数毫发。遂弃舟，从参寥策杖并湖而行。"这一年，秦观整三十岁。两年前刚刚认识苏轼，并将其《黄楼赋》呈给苏轼指教。苏轼大为赞赏，说他有"屈、宋之才"，并把他的诗推荐给王安石。此后，秦观成为"苏门四学士"之一。两年后，也就是秦观到杭州的这一年，苏轼因"乌台诗案"被羁押下狱，后被贬为黄州团练副使。张京元的《龙井小记》也记载过这件事："过风篁岭，是为龙井，即苏端明、米海岳与辩才往来处也。"

袁宏道作有龙井诗两首，其一曰："数盘行井上，百计引泉飞。画壁屯云族，红栏蚀水衣。路香茶叶长，畦小药苗肥。宏也学苏子，辩才君是非。"

提到东坡，那一定要借张岱的眼睛看看苏堤。张岱在《西湖梦寻》中写了一篇《苏公堤》，文曰："杭州有西湖，颍上亦有西湖，皆为名胜，而东坡连守二郡。其初得颍，颍人曰：'内翰只消游湖中，便可以了公事。'秦太虚因作一绝句云：'十里荷花菡萏初，我公身至有西湖。欲将公事湖中了，见说官闲事亦无。'后东坡到颍，有谢执政云：'入参两禁，每

西湖雪

玷北扉之荣；出典二邦，迭为西湖之长。'故其在杭，请浚西湖，聚葑泥，筑长堤，自南之北，横截湖中，遂名苏公堤。"其实别地还有两处西湖，一在惠州，一在雷州，都是因东坡曾居住或途经，改名为西湖。这两处我都去过，远不如杭州西湖胜景怡人，应该是因没有苏堤所在之故。

张岱在文中说："因想东坡守杭之日，春时每遇休暇，必约客湖上，蚤食于山水佳处。饭毕，每客一舟，令队长一人，各领数妓，任其所之。晡后鸣锣集之，复会望湖亭或竹阁，极欢而罢。至一二鼓，夜市犹未散，列烛以归，城中士女夹道云集而观之。此真旷古风流，熙世乐事，不可复追也已。"看来苏东坡当年在杭州西湖所为，张岱极为羡慕。尽管张岱家资丰盈，但是说起玩法，究竟不如东坡豪放洒脱，更何况东坡公事在湖上，玩亦在湖上。东坡有诗《筑堤》便能说明："六桥横截天汉上，北山始与南屏通。忽惊二十五万丈，老葑席卷苍烟空。""昔日珠楼拥翠钿，女墙犹在草芊芊。东风第六桥边柳，不见黄鹂见杜鹃。"

湖山

东坡还有写冬夜西湖之诗句:"天欲雪,云满湖,楼台明灭山有无。"张岱写《湖心亭看雪》时,一定受东坡诗句的影响。李流芳在《题两峰罢雾图》时说:"余在小筑时,呼小舟桨至堤上,纵步看山,领略最多,然动笔便不似。甚矣,气韵之难言也。"只有画画的人才有这样的体会。

入夜,西湖沿岸的灯光亮了,岸边建筑轮廓上的一圈灯光映出了楼阁的模样。雷峰塔的灯光最耀眼,这是张岱想象不到的。昔日,他和家族中的叔叔、兄弟正月在绍兴摆灯,照亮半座山道,轰动一城百姓。但是今日的西湖亮如白昼,难怪人们不能静心赏月,夜空数星,因为如今可照亮的东西太多了。

他泉瀹之香氣不出煮禊泉投以小罐則香太濃鬱雜入茉莉再三斟量用敞口瓷甌淡放之俟其冷以旋滾湯衝瀉之色如竹籜方解綠粉初勻又如山窰初曙透隙黎光取清妃白傾向素瓷真如百莖素蘭同雪濤幷瀉也

張岱之蘭雪茶節錄老橋書於京東

山陰茶

第二章 山陰茶

湖山

一

每年清明至谷雨前，我或是到云南、贵州，或是到江苏、浙江等地寻茶。这个时间，当地的气候仍然很不舒服，气温低，湿度大，尤其是屋里与外面的温度几乎一样，甚至不如有阳光的室外。北方人很不习惯早春江南的天气，但此时正是采茶季节，为喝到当年新春第一口茶，我已等待了一个冬天。照样带着一本《陶庵梦忆》、一方抄砚、两管毛笔南下了，此次的目的地是绍兴。

绍兴是个人杰地灵的地方，虽说过去有"河间太监，绍兴师爷"之说，但是越国之都，会稽山下，山阴之侧，远有王羲之的兰亭鹅池，近有徐文长的青藤书屋、张岱的快园、鲁迅的三味书屋。绍兴的老冯多次来电话，邀请我去他家住几天，我忙着各地跑，一直没有机会前往。他在微信里和我说，快园的旧址建成了酒店。

老冯今年七十多了，我三十多年前就认识他。

山阴茶

年轻时他在杭州做生意,如今年纪大了,经常在杭州家里看孙子。绍兴老家也盖了房子准备养老,时不时回老家休息。他比我大四五岁,修长身材,面目俊朗,只是一口软软的浙普,才知道是地道浙江人。每次来电话,他总是说他在绍兴乡下的家环境有多好,还有自己的茶园。每年清明谷雨,总是会尝到他们家的龙井。其实我一直想和他说,为什么不做一些日铸雪芽出来?这才是绍兴本地的名茶,做龙井你也做不过杭州嘛。他说没听过日铸雪芽,何况现在的市场只认龙井。如今老冯已是年过古稀,头顶的发际线过了百会穴,只有那一口软软浙普依然如故。他喜欢字画,常和我索要作品,布置厅堂。我和他约好要去快园的旧址看看,也可以到快园酒店住两晚,兴许在梦中遇到张岱,他一定会带我这个铁杆粉丝游览三百年前的快园。

张岱的《陶庵梦忆》《西湖梦寻》,是我床头的"铁枕头",从未撤换过。张岱是个玩文化玩出道行来的大家,说他是文化巨匠,实至名归。我从年轻时就读遍他的文章,能把文字也玩得那么好,我发

湖山

自内心钦佩。所以我写随笔散文、小品游记时，常有张岱的笔意。有人鄙视当年的清朝八旗纨绔子弟，民国官、商二代，说他们玩物丧志、不务正业，谁知他们竟然玩出了许多非遗项目。今天居然有人提出了"玩物励志"，当然此玩非彼玩。我常和朋友聊起，这一生如果没有碰到战争，就是一辈子的福分。但是经历过战争的人，却往往有常人未有的一种力量。经历过抗战的石嘉诠老伯，久居泰国曼谷，是我少有的忘年交。石老伯讲，怕鬼，连黑也怕，而经过血腥战争的人见过死人，鬼都不怕了。

张岱大概做梦都不会想到，五十岁的时候会遭逢改朝换代，锦衣玉食的生活瞬间被打破。清兵破城之际，一家人逃出绍兴，躲在绍兴城三十里外的项里，此时的张岱惊魂未定，就要开始为全家数十口人的衣食担忧。过惯了饭来张口、衣来伸手的日子，这位快园子弟此时根本想不起喝茶，更谈不上喝上好的兰雪茶。他未曾想当个剃发的良民，于是隐居于龙山后麓。

山阴茶

二

在阅读了大量古人颂茶的诗文后发现，各类诗集中，鲜有这位明末才子的茶诗。有人统计历代诗人的茶诗有一万六千首之多，大多描写茶之品味、烹茶之水、盛茶之器、饮茶环境、品茶境界，少有涉及如何制茶，以及如何泡茶。张岱对茶与水的研究，究竟到了什么样的地步？

张岱爱好广泛，且玩什么都不只是泛泛而为，总能玩出个成果。晚明时期的饮茶方式逐渐过渡到与今无异，只不过限于当时的地域、交通、信息传播等条件，张岱对茶的理解仅限于江浙安徽一带所产。这是张岱的局限性，唐代"茶圣"陆羽亦是如此。尽管如此，张岱对茶的认识，当时确实无人能出其右。他不仅识茶、制茶、煮茶，更重要的是他对茶文化的推崇，使茶在文人心中有了更高的地位。所以后世评论，张宗子的茶诗文可代替陆羽的《茶经》。

出绍兴城往东南走五十里就是会稽山的日铸岭，

湖山

相传这是越王勾践的铸剑之处。日铸茶历史悠久,早在唐代就名声显赫,而且改蒸青为炒青,这是制茶工艺的革命。宋代时,日铸茶可谓天下人知。北宋大文豪欧阳修在他的著作《归田录》中说:"草茶盛于两浙,两浙之品,日铸第一。"南宋的高似孙也在他的《剡录》中说:"会稽山茶,以日铸名天下。"日铸茶的外表特点是条索紧,略有曲,形似爪,银毫显,香气足,汤色清。一般在清明前后采摘,采一芽一叶或二叶初展。当天摘,当天炒,杀青、摊晾、整理、初烘等,其技法与其他浙茶相差不大。日铸雪芽因芽细而尖,密生雪白茸毛,故被称为雪芽。清代时,得到康熙皇帝的青睐,在日铸岭下设御茶湾,专为皇宫提供贡茶。但是清末之后,日铸茶日渐衰落,濒临失传。

张岱说日铸茶"棱棱有金石之气"。张岱的三叔张炳芳深谙松萝茶的制法。松萝茶制法与日铸茶制法略有不同,产于安徽休宁的松萝山。松萝茶的历史并不长,明代隆庆时期创制,并扩展到浙、赣、闽、鄂等省。明代许次纾在《茶疏》中记载:"若歙之松萝，吴之虎丘，钱塘之龙井，香气浓郁。"明代冯时可的《茶录》记载："徽郡向无茶，近出松萝茶，最为时尚。始比丘大方，大方居虎丘最久，得采造法，其后于徽之松萝结庵，采诸山茶于庵焙制，远迩争市，价倏翔涌。人因称松萝茶，实非松萝所出也。是茶，比天池茶稍粗，而气甚香，然于虎丘，能称仲，不能伯也。"可见松萝茶是由大方法师将苏州虎丘茶制作技法带到了安徽休宁，并在当地制作。松萝茶在明代已经是很时尚的茶，其制作工艺甚至传到浙江、江西一带，而且市场上假冒者众。明代熊明遇在《罗岕茶记》中说，松萝茶与其他名茶不同的地方是"三重"，即色重、香重、味重，同时还有药用价值，用松萝治疗痢疾等疾病有明显疗效。"吴门四家"之一的文徵明的曾孙文震亨，与张岱是同时代的人，于1645年清军攻破苏州城时绝食而亡。文震亨著有《长物志》，书中说："十数亩外，皆非真松萝茶，山中也仅有一二家炒法甚精。近有山僧手焙者，更妙。"可见松萝茶在当时已经是很高级的茶了。"扬州八怪"之一的郑板桥，比张岱晚生近一百年，其题画

湖山

诗曰："不风不雨正清和，翠竹亭亭好节柯。最爱晚凉佳客至，一壶新茗泡松萝。"可见当年松萝茶在两浙之地，盛名延续很久。

张岱好奇心极强，遇事喜欢琢磨，与三叔张炳芳取"龙山瑞草，日铸雪芽"，招募安徽茶农，参考松萝茶的制法，结合日铸茶的扚法、掐法、挪法、撒法、扇法、炒法、焙法、藏法，加以调整，终于制出了不同于其他日铸茶的名茶，张岱为其起名"兰雪"。兰雪茶为什么有别于日铸雪芽？秘诀在于所用之水。唐代陆羽《茶经》中对水有差异性评价："山水上，江水中，井水下。"扬子江中泠泉被称为"天下第一泉"，惠山泉被称为"天下第二泉"。历代茶痴对水的苛求到了无以复加的程度。唐代宰相李德裕，喝茶必须由专人从无锡的惠山取山泉，通过驿站运至长安，千里迢迢只为一瓯水，劳民伤财。难怪有人说李德裕"情致可嘉，有损盛德"。直到一位高僧借言，惠山泉可在地下行走千里，长安脚下就可享用，至此，李德裕才停了水运之苦。张岱不仅对茶专精，对水的要求更为执着。他曾经记载过自

山阴茶

己的一次体验："甲寅夏，过斑竹庵，取水啜之，磷磷有圭角，异之。走看其色，如秋月霜空，噀天为白。又如轻岚出岫，缭松迷石，淡淡欲散。"斑竹庵这股禊泉，据张岱鉴定，应在惠山泉之上，张岱称之为"天下第三泉"，这是偏爱之说。

张岱与三叔张炳芳亲力亲为，一丝不苟，反复试品，直到有了新的发现——如果用其他泉水来煮，茶香不出；如果用禊泉水来煮，投以小罐，香太浓烈；加入茉莉，再三比较，用敞口的瓷瓯淡晾，等凉一些，再用滚沸的水冲泡，此时会出现如同嫩竹一样的绿色，又如清晨的曙光透过窗纸的颜色。张岱自得地说："色如竹箨方解，绿粉初匀；又如山窗初曙，透纸黎光。取清妃白，倾向素瓷，真如百茎素兰同雪涛并泻也。雪芽得其色矣，未得其气，余戏呼之'兰雪'。"能把茶汤的色香比作兰花和白雪，不能不说张岱的饮茶之境素雅唯美。

大约过了四五年后，兰雪茶名声大振，绍兴的爱茶人纷纷喝兰雪，不再喝松萝。有的茶商借此做起了兰雪茶的仿品。因兰雪茶以禊泉水最佳，所以

湖山

连斑竹庵内的禊泉井都遭横祸。有酒坊借此水酿酒，有茶馆就设在庵旁，后来官衙觉得有利可图，借此封泉。庵内僧人难以忍受，用柴木及秽物塞入井内，阻人取水。反复多次，人们依然如故，不顾水质如何。当时有人评论说："兰雪名茶，艳思藻发，羽经得未曾有。"

三

对茶事描写最为传神的是张岱所作散文《闵老子茶》。我非常佩服张岱描写人物的文字，声情并茂，形神俱佳，如临眼前。从他的若干篇传记文章中，均可体会到那种与书中人物相对而坐的感觉，如《柳敬亭说书》《王月生》《鲁云谷传》等。

张岱在《闵老子茶》中说，朋友周墨农告诉他，南京闵汶水是饮茶鉴水的高手。张岱生性喜和

山阴茶

高手过招,便决心会会这位茶中高人。一次他去南京,专程前往桃叶渡拜访闵汶水,老先生不在家中。等了好久,老先生方才回来,又说拐杖忘在别的地方,返身去取。张岱耐心等着,一直等到他回来。闵汶水一看张岱还在,问道,你怎么还在呢?你来这里做什么?张岱答曰:"慕汶老久,今日不畅饮汶老茶,决不去。"老先生大喜,旋即烧火煮茶,将张岱引至一室。室内有许多精美的宜兴紫砂壶、成窑宣窑的瓷器。茶与器相配,茶与水相融。一杯在手,张岱问,此茶产于何处?老先生说是阆苑茶。张岱细细品后说,你不要忽悠我,这是阆苑茶的制法,而味道却不是。闵汶水暗笑道,那你知道是哪里产的茶?张岱再品后说,好像是罗岕茶。老先生吐着舌头连连称奇。张岱再问,水是哪里的水?答曰惠泉。张岱又说,惠泉走千里,水劳而圭角不动,为什么?闵汶水一听难以瞒过,便说,实不相瞒,取惠泉水必须淘干净井水,待半夜时分新泉水上来后,马上汲泉。"山石磊磊藉瓮底,舟非风则勿行,故水之生磊。"这样的水,惠泉水都比不上,何况其他?没过多久,闵

湖山

汶水再斟一杯茶递给张岱,请他品尝。他说,茶香扑烈,味甚浑厚,这应该是春茶吧?闵汶水大笑着说,我今年七十,见过无数精鉴者,能品出我的茶及水者,无人能与君比。至此,二人成了忘年茶友。这篇文章还做了《茶史》的序言。

张岱不仅写了散文《闵老子茶》,还作了一首长诗《闵汶水茶》。"十载茶淫徒苦刻,说向余人人不识。"十年来,他刻苦学茶,一部陆羽的《茶经》放在床头,随时研读,给别人讲茶,别人也不懂。难怪,陆羽用唐法制茶烹茶,今人自然是不得法。自从认识了闵汶水,对水的认识不一样了。闵汶水并不迷信古人的结论,细细钻研了近七十年,对茶的性情终于了如指掌。茶的性情其实是难以掌握的,犹如古时栈道,既险峻又窄仄,在细品一款茶的时候,甚至都不敢大喘气。在炉前品茶,多少深心兼大力,才对得起老天赐予的福德。将自己的体验说给旁人,不敢隐瞒半分。闵汶水隐居多年,品茶无数,鉴水犹精,但是没想到遇到张岱这样的茶痴。后人评论说,自此《茶经》可废。非湛心此中者,不能道只

山阴茶

字。虽说偏激，却能被人理解。顺便说一句，张岱在这里遇到了他的心爱之人，秦淮名妓王月生，这段故事以后再提。

四

张岱在散文《与胡季望》中说道："金陵闵汶水死后，茶之一道绝矣。绍兴惟鲁云谷略晓其意，然无力装载阳和山泉，恒以天泉假充玉带，则茶香不能尽发。"可见烹茶之水与茶之关系，水不对则茶不香。盖做茶之法，"俟风日清美，茶须旋采，抽筋摘叶，急不待时。武火杀青，文火炒熟，穷日之力，多则半斤，少则四两，一锅一小锡罐盛之"。一个晴好的天气，要尽快采摘，不能拖时间，大火杀青，小火炒熟。用一天的时间，最多半斤，少则四两。炒一锅放入一小锡罐。"煮水尝试，其香味一样，则合成一

湖山

瓶。如一锅焦臭，则不可掺和，尚杂一片，则全瓮败坏矣。瑞草雪芽，其脱胎具在于此。"煮水泡茶品尝，如果锅与锅香味一样，就合在一起，存进一个瓶子里，如果有一锅炒焦了，就不能掺在一起，否则坏了全瓮。他说胡季望家多种建兰和茉莉，以花的香气熏蒸，再纂入茶瓶，素瓷静递，则发花香。胡季望制茶讲究香气，并对其储茶器具颇有讲究。能把花香与茶香融为一体，旁人难以做到。张岱说，待"缺月疏桐，竹炉汤沸，弟且携家制雪芽，与兄茗战，并驱中原，未知鹿死谁手也"。看得出，张岱对宋代茶事也钻研精深。斗茶起于宋代，而且以福建建溪茶为主。煮茶倾茶盏、拂汤勤打沫，盏中乳沫消退最慢者为胜。而到了明代，饮茶方式发生了改变，茶的好与差，不好确定标准，大概是以色、味、香来判断吧。张岱后生可畏，自制兰雪，与其斗茗，可见茶痴们玩到了一定高度，早已不在茶本身，而在其境界。张岱一来不服，二来好争，性格上追求完美。

后来有人评论说，张岱做茶之法："其得力全在徐疾清杂处，天时人事，各尽其妙，故知做茶，原不

山阴茶

可草草。即是张子茶经。"

这里提到一位制茶高手就是绍兴的鲁云谷。这大概是闵汶水之后,张岱比较佩服的一个人了。张岱说,在会稽宝祐桥南有一间小小的药肆,即鲁云谷的诊所。"肆后精舍半间。虚窗晶沁,绿树浓阴,时花稠杂。窗下短墙,列盆池小景,木石点缀,笔笔皆云林、大痴。墙外草木奇葩,绣错如锦。"首先看看鲁云谷诊所的环境,面积不大,半间而已,但是庭院却布置得雅致有余。张岱的描述使我想起了我去绍兴时看过的青藤书屋,大概都是绍兴的风格,景致极其相似。这种环境能邀客品茶,必定是景美茶香,鲁云谷家的环境就得到格外挑剔的张岱的肯定。鲁云谷对于茶理有深入研究,精通各种茶和水。喜欢茶的人几乎每天来他的诊所喝茶,应接不暇。家里人嫌麻烦,鲁云谷却乐此不疲。鲁云谷学倪云林的制境,庭院中处处以倪云林画中"容膝斋"之境布置。张岱说,鲁云谷这个人性格古怪,且有洁癖,给人看病,能治则治,不能治扭头便走。虽说不至于日洗梧桐,但洁癖堪比倪云林。张岱对他的茶理评价

湖山

是"略晓其意",这评价也算是高矣。"云谷居心高旷,凡炎凉势利,举不足以入其胸次。故生平不晓文墨而有诗意,不解丹青而有画意,不出市廛而有山林意。至其结交良友,直是性生,非由矫强。"这个评价,我羡慕了好多年。

五

真正喝茶的人要耐得住寂寞,能够凝神静气。白居易诗曰:"食罢一觉睡,起来两瓯茶。"一个人独坐,细细品味每款茶的不同,每一泡的味道,品到佳处,豁然开朗,恍如开悟。两人"相对寒灯细品茶",味道能说出个八成。四五个人围坐,众口难调,味道只能是信口开河。七八个人群坐,犹如开会,七嘴八舌,乱成一锅粥,再好的茶也是浪费。

张岱闲情逸致,以酒为友,以茶为伴。其喝茶

山阴茶

讲究境、器、水、茶、友，读其茶诗，如身临其境，能感觉到宁静秋夜，月光如银，梧桐树下，安有净几，设精美茶器，汲甘冽山泉。朋友送来的新茶，一两个极雅的诗文茶友，一边品茗吟诗，仰天赏月，一边体会味道，静听山泉。从研到泡，从煮到煎，每一个环节都不含糊。有此境，有此器，有此茶，有此水，正应了唐朝诗人李涛的一句诗："水声长在耳，山色不离门。"张岱高寿，不知和他喜欢喝茶有没有关系。只是奇怪，他总是晚上喝茶，难道不影响睡眠吗？

读古茶诗，发现诗人们饮茶总在晚上，能找出数百首茶诗中有描述晚上饮茶的情景。这对于现代人来说是一个难以理解的事实。茶含咖啡因，尤其当年的绿茶甚为明显，有人甚至过午不饮，就怕晚上失眠。我一茶友，每逢晚上九点，散步归来，泡普洱一盏，一直喝到头更，然后倒头便睡，毫无影响。也可能是因人而异，有待继续考证。张岱《素瓷传静夜》诗云："闭门坐高秋，疏桐见缺月。闲心怜净几，灯光淡如雪。樵青善煮茗，声不到器钵。茶白

湖山

如山泉,色与瓯无别。诸子寂无言,味香无可说。"秋日晚间,残月高挂,张子闲坐梧桐树下,几净茶白,色如山泉,与茶盏同色,身旁人寂寂无语,只是对月品茶,香气不用评说。

我的喝茶史,伴随着年龄一起增长。从小喝茉莉花茶,然后喝龙井、碧螺春,再喝六安瓜片、太平猴魁,近年来多喝贵州都匀毛尖、江西资溪白茶和杭州狮峰龙井。每年清明节后,总是会收到各地朋友寄来的上好绿茶,然后以书画作品报以谢意。我曾有诗曰:"我本不善画,学画为换茶。"

每天早上,换一种茶慢品细尝。我喜欢绿茶的香和形,总是会用透明度极好的玻璃口杯,做闻香好色之徒。近以观察茶叶在开水冲泡中的千姿百态,扬旗出枪。好茶与好水的邂逅,使茶水得到最佳的呈现。此时,我会想起王安石,当年每逢皇上赐茶,或地方官送来好茶,他总要留出一些,寄给远在洛阳任职的弟弟王安国分享。他有诗曰:"碧月团团堕九天,封题寄与洛中仙。"分享好茶是茶友最快乐的事情。当然我也并不是送什么喝什么的主儿,还是讲究产地和口感。近些年普洱喝得多了,慢慢地与江浙绿茶渐行渐远,但每年春天还会收到好友的赠茶,留下中意的,一个人坐在葡萄架下静静地品赏。

六

张岱品茶不仅对茶和水有着很高的要求,对品茶环境、共饮之人也有近乎洁癖的喜好。张岱有一首长诗《雨洗中秋月倍明》,诗云:"蓄意赏中秋,举头望明月。乃值雨滂沱,篝灯闭门臬。匡床但假眠,意冷梦不热。倏尔到三更,月光净于刷。冰鉴得重磨,闪烁同缺列。濯魄于冰壶,清晖更皎洁。"

这又是一次品茶雅事。时间特别好,中秋之夜。本来一场瓢泼大雨,无事可做,唯有睡觉,到了三更之时,雨停了。张岱起身来到窗前,只见院内空气清新,月光如昼。他即刻收拾庭院,摆上茶席,烧

湖山

一炉炭火,煮一瓯禊泉。晴空明月,竹影横斜,刚刚下过一场雨,天空洗净,月如玉盘,甚至瞧得见桂树嫦娥的身影。"呼童煮契泉,洗盏瀹兰雪。气味适相投,月与茶同饮。"三更天喊起睡眼蒙眬的书童,烧水煮茶,特意拿出自己制作的兰雪茶,只有如此高雅香绝的茶才能与中秋之月匹配,绝不能怠慢了此时的月亮。而月亮也是识茶之月。张岱此时一定是想起李白的"举杯邀明月,对影成三人"了。只不过以茶代酒,写下了这首茶诗。如果说李白是风流酒仙,张岱则是浪漫茶仙了。

崇祯癸酉(1633),这年张岱三十七岁。有朋友开了一间茶馆,用的水是玉带泉,茶是兰雪茶。汤是新煮,没有老汤,火候恰到好处。茶具新涤,没有污秽之器。张岱很高兴,为茶馆取名为"露兄",取米芾"茶甘露有兄"之句,并为其作《斗茶檄》,抄录如下:"水淫茶癖,爱有古风;瑞草雪芽,素称越绝。特以烹煮非法,向来葛灶生尘;更兼赏鉴无人,致使羽《经》积蠹。迩者,择有胜地,复举汤盟。水符递自玉泉,茗战争来兰雪。瓜子炒豆,何

山阴茶

须瑞草桥边；橘柚楂梨，出自仲山圃内。八功德水，无过甘滑香洁清凉；七家常事，不管柴米油盐酱醋。一日何可少此，子猷竹庶可齐名；七碗吃不得了，卢仝茶不算知味。一壶挥麈，用畅清谈，半榻焚香，共期白醉。"生活中不能少了茶，此事可与王子猷爱竹相媲美，卢仝的七碗茶不算知味。只是一壶茶，一挥麈，畅所欲言，坐榻焚香，品茶如酒，尚可醉人。一百多字的《斗茶檄》说出当时江南会茶的场景和斗茶的内涵，后人评论此文"文采葩流，枝叶横生"。

面对战乱，张岱连自己喜欢的日铸兰雪也喝不上了。想起少年之时，喝最好的日铸雪芽，后来细心精研，与三叔创制名噪一时的兰雪，口味居高难降。如今沦为逃难之人，连饭都吃不上，哪里敢想兰雪？因作诗曰《见日铸佳茶，不能买，嗅之而已》："忆余少年时，死心究茶理。辨析入精微，身在水火里。日铸制佳茶，兰雪名以起。烹瀹恐不伦，乃为著茶史。遂使身后名，与茶相终始。今经丧乱余，断炊已四祀。庚寅三月间，不图复见此，

湖山

瀹水辨枪旗，色香一何似。"那缕奇香，如今只深隐在梦里。

七

张岱从不避讳自己喜欢美妓，曾经携妓游览，或杭州西湖，或吴门虎丘，或南京燕子矶，这一点非常率真，连撰写墓志铭时，都不忘记上一笔。

张岱一生对两个人顶礼膜拜，一是陶渊明，一是苏东坡。他著有《和陶诗集》，与东坡的同名诗集遥遥相和。东坡有诗曰："仙山灵雨湿行云，洗尽香肌粉未匀。明月来投玉川子，清风吹破武林春。要知冰雪心肠好，不是膏油首面新。戏作小诗君一笑，从来佳茗似佳人。"以佳茗比佳人，似乎勾起了张岱的兴趣。在遇到秦淮名妓王月生之后，张岱写了一首《曲中妓王月生》，开头曰："金陵佳丽何时起，余

山阴茶

见两事非常理。乃欲取之相比伦,俗人闻之笑见齿。"以茶比美人,他似乎还有些不好意思。

诗中又一次说到闵汶水。他说,在斗茶中认识茶神闵老子,研茶七十年,识茶,泡茶,谁能比之?极尽笔力描述闵老子茶技之高后,张岱忽然笔锋一转:"及余一晤王月生,恍见此茶能语矣。蹴三一步杳移,狷洁幽闲意如冰。依稀箨粉解新篁,一茎秋兰初放蕊。縠雾犹嫌弱不胜,尖弓适与湘裙委。一往深情可奈何,解人不得多流视。余惟对之敬畏生,君谟嗅茶得其旨。但以佳茗比佳人,自古何人见及此。犹言书法在江声,闻者喷饭满其几。"洋洋洒洒一百九十六字,张岱对王月生的欣赏跃然纸上。

张岱与王月生结缘,还得从另一篇为其所作的文章《王月生》说起。文中说王月生出身于南京朱市,所唱的曲子,前后三十年无人能比。她长相姣好。"面色如建兰初开,楚楚文弱,纤趾一牙,如出水红菱。"要喝好茶,还是要到闵老子家里,无论风雨,或有应酬,总得吃上几壶茶方才舍得离开。闵汶水的邻居是个大商人。一天,他邀了十几位艺妓

湖山

饮酒取乐，其中就有王月生。这大概是他们初次相见，只见王月生"倚徙栏楯，眠娗羞涩"，其他女子见她气质夺人，便到另外的房间躲避。张岱见她"寒淡如孤梅冷月，含冰傲霜"，气质卓绝，不禁为之倾倒。张岱有时出游，会携王月生同行。本是风流成性的人，却对她一往情深，与她相处时的愉悦，唯饮茶一事可比——"余见两事非常理，乃欲取之相比伦。"如果说苏轼的"从来佳茗似佳人"是一种比拟，张岱却把诗句的真意，实实落到了美人身上。

癸卯（1663）六月的一天，鲁云谷家种的鱼䱜兰盛开，特邀请几位茶友赏花品茶。宋代赵时庚在《金章兰谱》中如此描述鱼䱜兰："十二萼，花片澄澈，宛如鱼䱜，采而沉之水中，无影可指。"明代周功亮在《闽小记》中说："鱼䱜兰，一名赵花，十二萼，花片澄澈，宛如鱼䱜，采而沉之，无形可指。"古籍中记载，建兰中鱼䱜兰第一，产地以福建最佳，福建当地人家尤喜栽种。按吴应祥教授的《国兰拾萃》分析，鱼䱜兰已经失传，十二萼不复得见。

为了感谢茶友鲁云谷的盛情邀请，张岱在品茶赏

山阴茶

花之后，特意作诗答谢。他感叹鲁云谷对鱼魫兰倾注了心力。"培法既精本日茂，小盆盛发十九葩。美人淡借新桐色，西子轻蒙縠雾纱。光自艳生邀月映，香来花里倩风加。"此花在福建名贵，来到江南更是珍稀，极难养育。能在鲁云谷处欣赏到这么美的兰花，的确使人感叹。"客到狂呼未曾有，主人见惯徒嗟呀。竹炉铛沸客试饮，素瓷静处莫纷呶。色同玉带涧边水，香是初春日铸茶。"一边赏名贵兰花一边品日铸香茶，客人们纷纷吟诗作赋，鲁云谷对这次雅集非常满意。

张岱对陶渊明的痴迷不亚于苏轼，否则这"陶庵"的名字也不会相随到老。他的和陶诗，约有二十六首，其中《和述酒》写得很有意境。诗前有序，曰："陶述酒，余述茶，各言所知也。但柴桑意在酒，而余未免沉湎于茶，兹愧渊明矣。"诗中从汲水到采茶，从制茶到烹茶，讲解得非常细致，的确可比唐代陆羽及卢仝。张岱说，"但择向阳地，蚤起在曦晨。茶筐和露采，旗枪为我驯。佐以文武火，雪芽呈其身"。张岱自己带着汲水的水罐和绳子到禊泉

湖山

去打水,准备煮茶。然后背着茶筐,趁着有露,采来一旗一枪或一旗两枪。先用武火杀青,再用温火慢炒。一边揉一边翻,不能停手,不觉疲倦。等到全按要求做好了,此时的禊泉水已经准备停当,炉火逐渐燃烧,但不可用煤烟。"揉挪须得候,不倦更不勤。诸法皆云备,一水为其君。炉火仍加锻,勿为烟煤薰。松风响灶外,蟹目成波文。千鱼吐嚅沫,仿佛聚河汾。""蟹目"和"鱼沫"都是形容茶汤煮沸的状态,犹如聚集的汾河水滔滔不绝。张岱没有到过山西,"河汾"在此也是为了诗韵。"此政为汤候,幽兰带雪纷。煎茶非孟浪,要与烟霞亲。陆羽知粗解,卢仝非等伦。"我们平时与茶友品茶,常常遇到口似悬河、无茶不通、让茶友们以为见到的是"天下第一懂茶之人"者。遇到这种人,我往往无语,或借故离席。凭去过几次茶山、喝过几泡新茶,就如此张狂,可见也不是善茶之人。看看张岱对茶的痴心,亲力亲为,不惜辛苦,在各个环节所下的心力,绝不亚于陆羽。

很多人来绍兴是冲着兰亭鹅池、青藤书屋以及三味书屋,很少有人关注快园,就如同在南京,很少

山阴茶

有人关注随园一样，所以快园旧址建了饭店，随园旧址建了酒店。大约是名人多了就不当回事了。据说，会稽当地在恢复制作日铸雪芽，已经有了少量产品上市。在当下茶叶市场竞争激烈的情况之下，恢复老字号，不一定就能成功，关键是茶的品质要好、价格公道。但愿不久，能在快园的竹林中，设一茶席，月光之下，燃泥炉，煮雪芽，邀张岱品茶吟诗，让他老人家鉴别一下，这茶与水是不是当年的口感。

在快园旧址的绍兴饭店住了一宿，第二天离开时，在饭店的大门外留影纪念。

一到十月余與友人兄弟輩立蟹會期於午後至煮蟹食之人六隻恐冷腥迭番煮之詫以肥腊鴨牛乳酪醉蚶如琥珀以鴨汁煮白菜如玉版菜瓜以謝橘以風栗以風菱飲以玉壺冰蔬以兵坑笋飯以新余杭白漱以蘭雪茶由今思之真如天廚仙供酒醉飯飽慚愧慚愧

張岱之蟹會節錄老橋書於京東

第三章 江南食

湖山

一

善美食者有两种，一种是懂美食且自己能做菜，一种是只懂美食但不会操作，即所谓的"口头厨师"。广东湛江一位二十多年的朋友黄治武，是湛江市少林学校校长。我受邀为少林学校的教职工讲授书法及国学课。湛江是海鲜美食之城。二十世纪九十年代，他创办学校初期，曾经在湛江市开过酒楼。他是个非常细致且做事坚持的人，对后厨非常关注，时间久了，练就一种本事，口授做菜方法，而且精于细节。学校小食堂做饭的阿姨经他调教后，做出的饭菜不比大酒楼差，得到来访宾客的诸多赞誉。

还有香港四大才子之一的蔡澜，也是美食家。我看过他的书，但是不知道他会不会做。清代的随园老人袁枚更是这样的人，出过一本《随园食单》，但自己并不会做菜。我经常拿起来翻翻，看看清代这些文人雅士吃饭是怎么个讲究。光懂美食不行，前提还得有钱。"扬州八怪"中，我估计除了郑

江南食

板桥没人能吃得起。当代的两位文化大家，一位王世襄，一位汪曾祺，都是懂美食、善做菜的人。王世襄常常被朋友邀去做大餐，骑一破旧自行车，后面挂着案板、刀具等，工具一应俱全。一桌子菜，老王一个人张罗，道道可圈可点。汪曾祺本是江苏高邮人，但对老北京家常菜情有独钟。我曾经按他说的方法做了一次菠菜墩，还真是有点意思。

张岱六十九岁时为自己撰写墓志铭，言及一生诸多所爱，"好美食"正列其中。他曾经搜集史料，对祖父张汝霖与诸友所作的《饕史》加以订正，成《老饕集》。虽已亡佚，但从传世的《老饕集序》中，就可以看出张岱的美食观。文中说："世有神农氏，而天下鸟兽、虫鱼、草木之滋味始出。盖咸酸苦辣，着口即知，至若鸡味酸，羊味辣，牛酪与栗之味咸，非圣人不能辨也。中古之世，知味惟孔子'食不厌精，脍不厌细'，精细二字，已得饮食之微。至熟食，则概之'失饪不食'；蔬食，则概之'不时不食'。四言者，食经也，亦即养生论也。"张岱列举了历代美食家的著作，并提到了苏东坡的《老饕赋》和《猪

湖山

肉颂》，对祖父与好友所结社所著《饕史》，意见多有相左。张岱自信地认为《老饕集》是"精骑三千"，足以胜过"彼嬴师十万矣"。

我曾在"西湖雪"一章中提到去绍兴寻找"快园"的事情。宜兴书法院的何勇院长和电视台的主持人咸阳月陪我一同前往。"咸"姓我还是头一次听说。姓咸名阳月，这姓名的组合怎么听都有满满的盛唐诗意。咸阳月在绍兴的师兄弟，脸谱艺术家杨先生把我们引到当地知名餐馆"绍兴老灶"。地道绍兴风味，七八个人，点了一桌子菜，梅菜扣肉、油炸响铃、臭豆腐、绍兴醉鸡、醉蟹等等。朋友说，这种馆子只有当地人才来，外地人也找不到。菜大多吃得惯，也好吃，就是对我这个糖尿病人来说，的确有点儿甜，但比起我吃过的无锡菜，已经相当友好了。

一个真正的吃货必须是能吃，会吃，会做，会说。能吃，指能够吃得到，有这个条件。国民党撤离大陆时，能做会吃的主儿走了不少，能做好菜的私家厨子跟着主人跑到了台湾。主子家衰落，养不起厨子，厨子只好出来开店，自己维持，将手艺传给自家子女

江南食

或是徒弟，有的名声大振，一开就是几十年。会吃的，大多是"吃能生巧"的人，譬如张少帅、张伯驹、袁克定、王世襄等等，骆驼祥子肯定不会吃出谭家菜对不对。留下的少数，民国时期的达官贵人都把自己的嘴养刁了，这菜烧得好不好，他们一看一闻一尝，尽收心底。眷村出来的老兵因为失业，会想起老娘在家时烙过的饼、包过的包子、做过的馄饨，所以开一间小铺卖小吃，虽说比不上老娘的手艺，但也是地道的家乡味。

二

明朝人对于美食的追求，现代人简直无法想象。张岱写过《咏方物》三十六篇，盛赞各地的美食。把品美食的感觉写成诗，没有一点文人功底还真不行。

先看看他的一首写苏州名吃的《带骨鲍螺》：

湖山

"炮螺天下味,得法在姑苏。截取冰壶魄,熬成霜雪腴。一甜真彻骨,百节但知酥。晶沁原无比,何惭呼酪奴。"乍一听名字,我也以为是一种海鲜,其实是苏州有名的一道甜点。马伯庸的《两京十五日》提到过这个"带骨鲍螺",鲍鱼的"鲍"字,也有人称之为"炮",或者"泡"。其实,这道甜品是用牛奶提炼出的乳酪制作的,因为形状似螺,所以叫鲍螺。张岱对自制乳酪非常热心,和叔叔一起钻研,有诗为证:"一缶山牛乳,霜花半尺高。白堪欺玉汁,洁亦溷珠胶。酪在讵能割,酥融不可挑。空山养清寂,用以点松醪。"大概是觉得用诗描述有所局限,又另写一篇小品文《乳酪》,来详细解说:"乳酪自驵侩为之,气味已失,再无佳理。余自豢一牛,夜取乳置盆盎,比晓,乳花簇起尺许,用铜铛煮之,瀹兰雪汁,乳斤和汁四瓯,百沸之。玉液珠胶,雪腴霜腻,吹气胜兰,沁人肺腑,自是天供。或用鹤觞花露入甑蒸之,以热妙;或用豆粉搅和,漉之成腐,以冷妙;或煎酥,或作皮,或缚饼,或酒凝,或盐腌,或醋捉,无不佳妙。"为了制得上好的乳酪,竟然亲自豢养了

江南食

一头牛,也是资深老饕所为了!在这样的乳酪中加入少量"蔗浆霜",熬之、滤之、钻之、掇之、印之,所得"带骨鲍螺",天下称至味。可惜的是,这道美味"其制法秘甚,锁密房,以纸封固,虽父子不轻传之",我们今天只能靠文字去想象了。

张岱对杭州的美食应该是非常熟悉的,比如他提到的招庆烧鹅。有诗赞曰:"烧猪思佛印,招庆以鹅名。焦革珊瑚赤,深脂冻石明。腤肥刚七日,邕匕慰三生。方晓羲之爱,何曾为唤鹅。"袁枚在《随园食单》中也提到了烧鹅。"杭州烧鹅,为人所笑,以其生也,不如家厨自烧为妙。"看得出,袁枚对杭州烧鹅不太认可,不过老人家也可能吃得不太对。既然张岱对招庆烧鹅如此推崇,那也不是白说的。再说了,张岱吃的时候,袁枚还没出生呢,这菜传了几代,越传越走样亦有可能。

我多次去杭州,没有吃过招庆烧鹅,不知这道菜今天还有没有。有一次去雁荡山吃过一次烧鹅,的确不错,但不知道与三百年前的烧鹅是否一个味儿。每次到杭州,我总要绕道去楼外楼吃个午饭,必点

湖山

的菜无外乎西湖醋鱼、叫花鸡、宋嫂羹等等。当地朋友说楼外楼是给游客吃的，本地人都不去那里吃。这我能理解，各个地方都是一样，名气大、历史久的大酒楼，往往会吸引游客前往。但这无关我的喜爱，我在意的，是酒楼客人多、流动性快、食材新鲜。再者，出品稳定，总是这几样菜，被点得多了，厨子自然熟能生巧，有了肌肉记忆。老厨子也不过如此。

在我的印象中，江南的羊肉比不了北方的羊肉。雁北、内蒙古、甘肃、宁夏、陕北等地的羊肉，我都有品尝过，做法大多是烧烤、涮锅、炖煮等等，甚至羊杂、羊蹄、羊脸也都是佳品。一次，宜兴的何勇和我到朔州参加笔会，当地朋友邀请我们吃烤右玉羊肉。何勇是七零后，既是书友也是食友，算是我的忘年交。只见他一边大口嚼着羊肉，一边和我说："在我们那里吃不到这么好吃的羊肉。"神态极可爱。张岱所说的乌镇羊肉，我还真没品尝过。张岱一生行旅的范围较小，最北也只去过泰州，其实北方的许多美食，他并没有品尝的机会。

张岱在诗中说："羊肉夸乌镇，乳烤用火煨。沈

江南食

犹朝饮过，贾客夜船来。冻合连刀斫，脂凝带骨开。易牙惟一熟，不必用盐梅。"不过按照张岱诗中的食材和做法，乌镇羊肉应该不难吃。只不过不知道今天在乌镇能不能吃到如此美味的羊肉了。说起乌镇羊肉，当地有一个传说。明嘉靖年间，乌镇有一家湖羊肉馆，他家的羊肉膻味很大，顾客不多。老板怀疑是伙计的问题，辞掉了他们。次日凌晨，伙计气愤难平，将伙房外面堆着的萝卜、甘蔗梢倒进了炖羊肉的锅里就离开了饭馆。老板到厨房去看羊肉，感觉跟平时不太一样，于是尝了一块，膻味全无，且香软可口，于是赶紧追回伙计，增加工资。此后，乌镇红烧羊肉必与萝卜、甘蔗梢、红枣之类相伴，乌镇羊肉声名鹊起。传说不知真假，毕竟品牌都有故事。

身在北方的我原本不知道瑶柱为何物，后来南方去得多了，方才懂得，原来北方常见的海鲜干货中就有此物，只是北方人称之为干贝，就是扇贝的闭壳肌制成的海味珍品，含有蛋白质、磷、钙等多种营养物质。现在的做法，通常是做汤粥。张岱在《咏方物》

湖山

诗中盛赞过江瑶柱。江瑶柱产于宁波,亦名西施舌。"谁传江瑶柱,纂修是大苏。西施牙后慧,虢国乳边酥。柱合珠为母,瑶分玉是雏。广东猪肉子,曾有此鲜无。"《随园食单》中也提到了江瑶柱,袁枚说:"江瑶柱出产宁波,治法与蚶、蛏同。其鲜脆在柱,故剖壳时,多弃少取。"我专门读了苏东坡的《江瑶柱传》,真是风趣得很。东坡将江瑶柱拟人化,写了一篇"人"物传记。因篇幅的关系,此处不摘录了。

说到河豚,我吃过几回,但都有些心惊肉跳。张岱当年也不例外,他爱吃苏州河豚肝,又名西施乳,与芦笋同煮则无毒。在《瓜步河豚》诗中,他说:"未食河豚肉,先寻芦笋尖。干城二卵滑,白璧十双纤。春笋方除箨,秋莼未下盐。夜来将拼死,蚕起复掀髯。"为了这口至味,不惜拼死一试,好在安然无恙,早起抚着胡子,感叹活着真好,张岱的文字真是幽默得很。

有一年去扬州,赶上了河豚上市的季节。当地朋友在运河边的一家馆子请吃河豚,尽管厨子有专做河豚的证书,心中不免还是忐忑。食罢却感叹,的

江南食

确值得食客为其拼命。做河豚加芦笋则无毒,对这种说法,后人多不以为然。这种烹饪法不知现在有没有,如果有,也还是不敢吃。因为河豚是否有毒,不在于配什么菜,而在于其含毒的部位是否被去除。

三

去年十一月,我回到老家太原。有一天,接到宜兴何勇的电话。他说阳澄湖大闸蟹到季了,给我寄来一盒。快递从苏州昆山寄出,在路上走了两天。一盒五对,盒子里面套着保温袋,袋子里还塞着两瓶冰冻的矿泉水,现在的生意人想得很周全了。绑在蟹身上的绳子是线绳,不算粗,前几年的芦草绳,比蟹还重。北方人吃大闸蟹是比较浪费的。蟹腿很少剔开吃,像咬甘蔗那样嘬,吃不到多少肉。记得很多年前,在上海的梅龙镇吃大闸蟹,身后一位美女服

湖山

务员,手里拿一只蟹钳,灵巧地将蟹肉从各个部位剔下来,蟹壳包括蟹腿等,都一一摆回原位,看得我连怎么吃完的都忘了。这些年,大闸蟹毁誉参半,知名产地如阳澄湖,许多人说,是拿外地螃蟹放入湖中,养足了再卖。这种说法不知靠不靠谱,反正我是吃不出来。

张岱有诗专门描述吃蟹。《西泠河蟹》诗曰:"肉中具五味,无过是霜螯。盾锐两行列,脐高三月烧。瘦因奔夜月,肥必待秋涛。谁说江瑶柱,方堪餍老饕。"虽然我没有吃过张岱说的西泠河蟹,但是吃过浙江比较有名的屯溪醉蟹,新安江畔屯溪古镇的一道名菜。按照当地的节令,"九月团脐十月尖",秋蟹肥美之时,准备一只坛子,先将冰糖煮化了,加花椒、姜片、干辣椒,倒入适量料酒,放入洗好的花蟹,再浇入冰糖水和米酒,封好口。密封七天后取出,只见醉蟹色青微黄,肉质鲜嫩,酒香浓郁,略有甜味,开坛即食,不开坛可保存两个月。

《陶庵梦忆》中有"蟹会"一篇,描述了蟹正肥美的季节,张岱与朋友成立"蟹会",自任会长,连

江南食

做带吃,共享美味。张岱说:"食品不加盐醋而五味全者,为蚶,为河蟹。河蟹至十月与稻粱俱肥,壳如盘大,坟起,而紫螯巨如拳,小脚肉出,油油如螾蚅。掀其壳,膏腻堆积,如玉脂珀屑,团结不散,甘腴虽八珍不及。"每年十月,张岱和朋友、兄弟、长辈,组成"蟹会",约好午后到,开始煮蟹吃。每人六只,担心蟹冷有腥味,所以吃完一只再煮一只。桌上还有肥肥的腊鸭、牛乳酪、醉蚶。用鸭汁煮白菜,加之橘子、栗子、菱角。喝美酒玉壶冰,以兰雪茶漱口。想起来,这些简直是天上神仙的供品。

有一僧人,精通禅理,尤其爱吃蟹。当他将活蟹投进沸腾的锅中时,蟹挣扎绑绳,触碰锅壁发出铮铮响声。僧人祈祝说:"汝莫心焦,待汝一背红,便不痛楚也。"不知这位僧人是不是不戒杀生。还有爱吃蟹的人说:"愿来世蟹也不生,我也不食。"都是爱吃蟹者的公案。每逢蒸蟹,听到蒸锅里蟹的挣扎声,心里只是不舒服,索性躲在一旁,直至端上餐桌。

元代大画家倪瓒是无锡人,出生于当地名门望族,吃蟹另有一法。他在《云林堂饮食制度集》中说:

湖山

"用生姜、紫苏、桂皮、盐同煮。大火沸透遍翻,再一大沸透便啖。凡煮蟹,旋煮旋啖则佳。以一人为率,只可煮二只,啖已再煮。捣橙齑,醋供。"这种吃法比较复杂,我不知道加作料一起煮是何味道,但一边煮一边吃倒是很有意思。倪瓒还有一种煮蟹法,是用酒煮。他说,将蟹洗净,带壳剁为两段。再剥开壳,剁为小块,壳也剁为小块,蟹脚只用上面一截,螯也劈开,加葱、椒、纯酒、少许盐,放入砂锅或者锡锅中炖熟,吃的时候不需要蘸醋。今日酒楼也有吃醉蟹的,但与此法不同。

我最忌讳吃原样的肉类食材。小时候吃过一次阿尔巴尼亚还债的"乳鸭罐头",打开马口铁罐头盒,只见里面三五只没有毛的黄黄的小鸭子,头、翅、掌皆齐全。尽管那个年代吃点肉不容易,但我也不忍去吃,立刻放弃,从此有了心理障碍。有一年夏天,在沈阳一位朋友处吃饭。席间上了一道菜,是某种不知名的蛙类。厨子将蛙不切不剁,整个做熟,头冲外卧在盘子边,大有跃跃欲跳的样子。我曾经参加山西省首届科普美术展览并获奖,作品的名字是

《人类的朋友》,就是画的青蛙,以后也常常画这种动物,所以我一只也不敢吃。

四

说到此处,想起在湛江吃海鲜。湛江海岸线漫长,海鲜的品类繁多,名字都叫不来,初次来的外地人总是吃得一脸懵。粤菜其实主要集中在粤东地区,潮汕另有做法。唯独湛江吃海鲜,加工甚少,只是煮蒸烤而已,为了保持原有的鲜味。到离渔船码头最近的海鲜市场,不用买深海高档鱼,就买几条杂鱼,回到厨房,简单收拾洗净,清水锅煮,只放几片姜和葱段及少许盐,关火后,丢几根香菜,那汤的味道鲜美难言,正如张岱所云:"不加盐醋而五味全者。"当地人笑北方人,吃的不是海鲜而是海产品。

金华火腿,天下知名。按张岱的家庭背景,定

湖山

能吃到上好的,那个时候最好的叫作浦江火肉。张岱的诗,让三百多年前金华火腿的味道如在唇齿边:"至味惟猪肉,金华蚤得名。珊瑚同肉软,琥珀并脂明。味在淡中取,香从烟里生。腥膻气味尽,堪配雪芽清。"

明人高濂则熟悉具体做法,不知与今日做法有无异处。他在《遵生八笺》中说"火肉"做法是:"以圈猪方杀下,只取四只精腿,乘热用盐。每一斤肉,盐一两,从皮擦入肉内,令如绵软。以石压竹栅上,置缸内二十日,次第番三五次,用稻柴灰一重间一重迭起,用稻草烟熏一日一夜,挂有烟处。初夏,水中浸一日夜,净洗,仍前挂之。"高濂的文章总与养生有关。

其实好多北方人吃不惯火腿肉,只因那种烟火熏过的味道。有一年,江苏朋友带来一只金华火腿,便开始学着如何吃。先切成片,再上锅蒸,等到柔软,色如金黄,呈半透明状,盘底一层油汁,放在米饭上面,感觉肉香浸入米香,格外好吃。尽管知道做法不对,但也解了火腿之馋。近年来因跑茶山的

江南食

缘故，多去云南诸地农家，似乎家家都有熏火腿，只是味道比江南的要重得多。每逢客人到家里，取出一只黢黑的火腿，洗刷干净，刀成薄片，肉胶之处已是半透明的了。放在铁箅子上烤，冒出的油滋滋作响，香味满屋。火腿虽然是猪肉，但是脂肪含量比较低，蛋白质含量是其他部位猪肉的两倍。由于火腿是用盐腌制的，含盐量比较高，吃之前最好先在沸水中煮一遍，以减轻咸味。

浙江名菜台鲞，就是指浙江台州出产的各类鱼干。这个"鲞"字本义即剖开晾干的鱼，后来泛指腌鱼。袁枚的《随园食单》中有"台鲞"。他说："台鲞好丑不一，出台州松门者为佳，肉软而鲜肥。生时拆之，便可当作小菜，不必煮食也。用鲜肉同煨，须肉烂时放鲞，否则，鲞消化不见矣。冻之即为鲞冻。绍兴人法也。"《随园食单》中还专门有"台鲞煨肉"一则："法与火腿煨肉同。鲞易烂，须先煨肉至八分，再加鲞；凉之则号'鲞冻'。绍兴人菜也。鲞不佳者，不必用。"张岱写过一首《松门白鲞》来赞美台鲞："石首传天下，松门擅胜场。以酥留作味，

湖山

夺臭使为香。皮断胶能续，鳞全雪不僵。如来曾有誓，僧病亦教尝。"寥寥数字，勾勒出松门白鲞的特点，一乃酥，二乃臭，三则皮断胶不断，很有韧劲儿，四乃鱼身雪白。这道名菜我曾经在绍兴吃过，有点安徽臭鳜鱼的味道。

五

不仅是水产肉类，张岱笔下的花果蔬菜一样色味俱佳。如他所作的《花下藕》，就是赞美杭州莲藕的诗。诗曰："花气回根节，弯弯几臂长。雪腴岁月色，璧润杂冰光。香可兄兰雪，甜堪子蔗霜。层层土绣发，汉玉重甘黄。"我喜欢吃莲藕，喝藕粉，更喜欢画莲藕。画笔之下，一尺生宣，莲藕数颗，配以小葱、香菜，清爽可人。忘记是谁描写莲藕的诗句"一弯西子臂，七孔比干心"，写得真美！画莲藕时，

江南食

我常常以之题画。近年来，我很少吃莲藕了，杭州藕粉过于甜，使我这个资深糖尿病患者望而却步。

张岱对福建的荔枝情有独钟。家在浙江绍兴，却能吃上时令荔枝，不能不说与家中的财力有关。张岱每逢吃完，都要感慨一番，于是有了咏荔枝的诗："宋香曾冠谱，进奉贵钟南。霞绣鸡冠绽，霜腴鹄卵甘。蔗浆寒一舌，蟹乳滑千柑。飞骑供妃子，珊瑚里雪含。"福建、广东的荔枝都很好。现在不比早年，物流发达，航空运输，鲜果直接上市。即使是在寒冷的北方，也可以吃上应季的新鲜荔枝。五年前，我开始在湛江授课，每逢荔枝上市季节，桌上便有一盒荔枝。廉江水果颇丰，不止荔枝，还有红心柚、番石榴等，都是上好品种。廉江的荔枝，比较有名的品种是"妃子笑"和"桂味"，当地人都吃后者。"桂味"皮如纸，肉如玉，果大核小。我亦品尝，甜润入喉，只是畏于血糖高、上火不敢多吃，当地人有"一颗荔枝三把火"之说。有一年，从湛江飞宜兴参加活动，正逢荔枝上市，我随机带一盒廉江"桂味"，下飞机正是晚宴。我将极新鲜的荔枝摆上

湖山

餐桌，正是"蔗浆寒一舌，蟹乳滑千柑"，顷刻间被宾客抢吃一空，反倒是菜肴剩了不少。

北方多种梨树，且品种各异。张岱笔下的秋白梨是山东所产，大概这也就是张岱去过的最北的地区。他在《秋白梨》一诗中说："谁是哀家种，垂垂压树梢。土人夸雁过，古号重含消。崖蜜冰千鞠，春饧水一胞。仙人掌上露，日日白秋宵。"当地最好的梨名叫含消，又名雁过消，口感不知如何，名字倒是优雅。有一年，北京华卫天和的董事长申有长邀请我去他的老家河北魏县。几个乡的梨树正值花期，白花黄蕊，簇拥枝头，盛如花海，香气逼人。我还是第一次见到如此大规模的梨花盛开，绝对美过油菜花海。魏县梨品种优异，丝丝甘甜，汪汪水足。申总每年秋天收梨之时，装箱送朋友品尝。后来不送了，笑说北京城太大，送梨的成本比梨还贵，谁要可自行来取。三百多年前身处江左的张岱，是没有这等口福的。

江浙地区的水乡一般都喜食茭白，张岱也对茭白情有独钟。他的《秋茭白》诗曰："九月西湖上，新

江南食

茭个个肥。玉莹秋水骨,碧卸楚绤皮。隽永同蔬笋,鲜甘比蜜齑。几年曾大嚼,软饱在山居。"九月的西湖,正是秋茭白上市之时。肥嫩如玉,鲜美甘甜,每年来此大吃一顿,"软饱"这词用得正好。明人高濂的《遵生八笺》里也提到野茭白,他说:"初夏生水泽旁,即茭芽儿也,熟食。"高濂说的是初夏的茭芽,可见茭白是可以从夏吃到秋的。元代倪瓒做馄饨也以茭白做馅,美味无比。

我每年都要到江苏宜兴小住几日,总在想,这地方为什么吸引了苏东坡,买地盖房想要终老此处。苏东坡有词《浣溪沙·送叶淳老》曰:"阳羡姑苏已买田。相逢谁信是前缘。莫教便唱水如天。我作洞霄君作守,白头相对故依然。西湖知有几同年。"可见东坡在宜兴,犹如回到家乡四川眉州,想是此地的美景、美食,皆如他所愿。宜兴的百合、竹笋、茭白,应季最为鲜美。提及色皆洁白的食物,不禁想到另一道名菜"太湖三白",即银鱼、白虾、白鱼,俱是下酒的好菜。

枇杷是画家笔下常见的水果。吴昌硕和齐白

湖山

石都喜欢画，两人风格大异，用墨、用色大相径庭。藤黄自然是主色，但偏红还是偏黄，在于画者；枇杷叶一定是浓墨，一笔一叶，浓多淡少；勾叶筋，也以浓墨细描，齐白石画叶的边缘，惯用墨点。我看过唐云的一幅枇杷小品，画得真好，可比缶老和齐璜。浙江萧山也种枇杷，张岱尝过，写诗盛赞。诗曰："春雨黄梅候，珍苞出上林。象形惟熟栗，写照用泥金。崖蜜同皮酽，冰丸带核沉。琵琶能结果，谁说少知音。"春雨之后，黄梅之时，枇杷开始结果，形如栗，色如金，甜如蜜，肉如冰，用谐音指出自己亦是知音。

六

说了如此多的美食，还没有说到酒。本想单独言酒事，但张岱论酒的诗文并不多，可见他本人除了

江南食

应酬,对此物兴趣不大,至少不如茶。在《自为墓志铭》中,他列举了自己的诸般爱好,唯独没有饮酒。其实张家喝酒是有渊源的。张岱说他的祖父素能豪饮,但是再往后代尽失传。张岱的父亲、叔叔,都不能饮,吃一碗糟茄,立刻面颊发红。家常宴会上,家中的厨子精心烹饪,可谓江南一流。每上一道菜,兄弟们都争着吃,盘中菜肴所剩无几。吃饱了自行离去,从头到尾,竟没有人举杯饮酒。如果有客人在席,也不等客人离去,兄弟们照样自行离席。对此,有个叫张东谷的酒徒对他父亲说:"尔兄弟奇矣!肉只是吃,不管好吃不好吃;酒只是不吃,不知会吃不会吃。"张岱说,二语颇韵,有晋人风味。近有好事人在《舌华录》中总结道:"张氏兄弟赋性奇哉!肉不论美恶,只是吃;酒不论美恶,只是不吃。"张岱忍不住感叹:"字字板实,一去千里,世上真不少点金成铁手也。"

朋友曾经送我两坛陈年的绍兴黄酒,放在家里好几年。还专门买了温酒器,但是一直没有开坛,原因是我只喜欢喝白酒,尤其是家乡的汾酒,几十年不

湖山

变。回老家太原时,偶尔去吃一碗"头脑",一两烧卖,配二两黄酒,似乎配白酒有些不妥。随园老人袁枚也不喜欢饮酒,所以对酒的评价很严苛,反而能品出好酒的味道和奥妙。他说,如今社会上风行绍兴酒,然而"沧酒之清,浔酒之冽,川酒之鲜,岂在绍兴下哉!"说得也对,各地的酒有各地的特点,酿法、环境、原料、工艺均不同。我曾经在茅台镇逗留几日,发现此地的温度、湿度、环境,以及赤水之水、当地高粱等,确实与其他地方有别。袁枚接着说,大概这酒也像德高望重的老人,越陈越贵,以刚打开坛子最好,谚语说"酒头茶脚"就是这个意思。所以各个酒厂每年的头锅酒很有卖点。不过看得出,袁枚对绍兴酒并不认可,也可能是出于自己的偏见。既然存在即合理,那么风行也是合理的,毕竟绍兴酒天下知名。写到这里,我忽然想打开存放多年的绍兴黄酒尝尝。

陶渊明极爱酒,张岱极爱茶,但是张岱和东坡一样,是陶渊明的铁杆粉丝,两人都著有《和陶诗集》。《和述酒》就是其中一首,张岱在此诗序中说:"陶述

江南食

酒，余述茶，各言所知也。但柴桑意在酒，而余未免沉湎于茶，兹愧渊明矣。"这首诗耐人寻味："空山堆落叶，夜壑声不闻。攀条过绝巇，人过荆溆分。行到悬崖下，伫立看飞云。生前一杯酒，未必到荒坟。"虽然是述酒诗，酒在这里却是一笔带过，不过是借这个题目，抒发对时事的愤懑和不满。诗中有一句"天宇尽辽阔，谁能容吾身？余生有几日，著书敢不勤？"则使人大为感动，张岱在改朝换代之际没有放弃生命，因为手里的明史尚未完成。他知道留给自己的时间不多，所以发奋著书，以完成自己的夙愿。如此，酒意则更不浓了。

二十四年於此败屋残垣稍為補葺誕前景物十去八九平泉木石然此可僅存其意也已矣余嘗譿友人陸德先曰昔人有言孔子何關乃居闕里兄極臭而住香橋弟極苦而住快園世間事名不副實大率類此聞者為之噴飯

張岱之快園記節錄老橋書

第四章 快园忆

湖山

一

为什么要把书斋和园林放到一起？张岱可谓是一名园林专家，我本想把两者分开来写，但是读完张岱的文章后，才发现两者密不可分：书斋就在园中，园中必有读书处。也许假山之下就是他读书的地方，也许书斋里面偏是他玩耍的场所。透过书斋的窗户可以欣赏园子的景色，置身园中凝视书斋又是另一番景致。

这些年，我也去过不少园林。苏州、杭州、扬州、无锡等地的名园，基本造访过了。江南的园林的确不同，总是有水，有桥，有花墙，有奇石，有楼台亭榭，有古树名花。北方则不同，虽然多仿造江南园林来设计，但规模、面积都显气魄，比如水池、楼阁、亭台、砖雕、石刻。到了冬天，北方园林除了松柏有绿意外，多显凋零。

曾几何时，能有一间可以安静读书、写字画画的书房是极为奢侈的事情，实现这个目标，我等了二十

快园忆

年。新世纪初，我终于迁入新居。房间在二十四层，除去客厅和两个卧室，我终于有了自己专属的书房。那是一间面积不大但采光很好的房间，西边和北边都有窗户，用实木地板铺了地面，按照房间的尺寸加工了六个书柜，又买了一张明式的红酸枝木写字台，一把可以转动的软椅，就齐活了。在写字台对面的墙上，我挂了一条自己用隶书写的横幅，出自杨沂孙的诗句"置身百尺楼上，放眼万卷书中"。楼足够高，书足够放。后来定居北京，改"百尺楼书屋"为"半闲堂"，并请国家画院名誉院长龙瑞老师题写了匾额。这个书房兼画室，面积大了，在此读书、写字、绘画、品茶、会友，敞亮、开阔。更为好玩的是，每逢月圆之日，向西的窗户总是会照进月光。关上灯，静静坐在地板上看着窗外，想起古人与我看的是同一轮月，心内便很清静。

历代文人都有自己的书斋，无论简陋还是奢华，无论草庐还是亭阁。尤其是晚明时，文人雅士都把书斋看作自己的私密之处、会友之所，既能炫耀自己的藏品书画，又可以避开家人的打扰。元代陆祖允

湖山

说：“吾亦爱吾庐，芸窗几卷书。”那么，书斋的设计和建造，成为这些文人的乐事一件，凡驻一地，必先设书斋，哪怕只是一间草庐或一座小亭。点灯熬油，翻典查经，恨不能找出一个惊世骇俗的书斋号。有的文人一地一名，一年一名，以至于一生有几十个斋号，励志的，闲适的，怀古的，抒情的，观景的，不一而足。如刘禹锡的"陋室"，欧阳修的"非非堂"，东坡的"雪堂"，陆游的"老学庵"。倪瓒的"容膝斋"，可见此斋之狭窄；徐文长的"青藤书屋"，则小中见大；齐白石的"借山馆"，可见屋外之山色；梁绍壬的"两般秋雨庵"，可见情绪与秋景；董其昌的"画禅室"，是书画与禅意的渗透。可见古人对书房的要求并不是大而奢，而是静且雅。

张岱家的书斋是和园林一起建造的。此时张岱家境优渥，无论设计风格，还是文化品位，无论内部装饰，还是外部环境，都尽其所能，巨细靡遗。他对书斋的要求之高，非常人能比。审美品位极高的张岱无疑是一位园林建造大师，见得多了，自然就有了丰厚的积累。明清之际，两江一带造园成风，当

快园忆

初有钱人的豪宅美园，留到今天，不乏日进斗金的五Ａ级景区。

无论是周边官宦商贾的家宅，还是祖上遗留的园林书斋，都对张岱一生的审美追求产生了很大的影响。自少年时，他就领略过两江地区的各种园林，那些最美的园子都深深印在他的脑海里。有一年，他随时任瓜州知府的叔叔张联芳造访瓜州步五里铺的于园，这是一个有钱人家的园子。如果不是有权、有势、有名的人，都不让进。张联芳，字尔葆，以字行，更字葆生，号二酉，万历戊午顺天副榜贡生，历官扬州府同知，崇祯甲申二月十日卒，陈洪绶就是他的女婿。张岱游园后说，园中无他奇，奇在磥石。"前堂石坡高二丈，上植果子松数棵，缘坡植牡丹、芍药，人不得上，以实奇。后厅临大池，池中奇峰绝壑，陡上陡下，人走池底，仰视莲花反在天上，以空奇。"卧房外，有沟壑如螺蛳，向下旋转，"幽阴深邃"。再向后有水阁，如船一般，跨小河，四周都是灌木丛，"禽鸟啾唧"，如在深山茂林之中。瓜州的园林都以假山著称，以石为胎，生于磥石。在

湖山

仪真的汪园,运石的费用高达四五万,最好就是"飞来"一峰。张岱曾经在汪园见过一块弃之不用的白石,高一丈、宽二丈,妙在痴;还有一块黑石,宽八尺,高一丈五,妙在瘦。张岱觉得"得此二石足矣",可以省下两三万两银子,收藏它们,世代守护。

张岱在写给好友祁世培的信中说:"造园亭之难,难于结构,更难于命名。盖命名俗则不佳,文又不妙。名园诸景,自辋川之外,无与并美。即萧伯玉春浮之十四景亦未见超异。"意思是,造园林,比结构更难的是起名,太俗不好,太文也不好,从王维的"辋川别墅"之后,还没有可与之媲美的,即便是曾任礼部尚书的萧伯玉建造的江南名园"春浮园"。祁世培及两位兄长,都与张岱是至交。世培乃其字,名彪佳,天启二年进士,崇祯四年升任右佥都御史,后被权臣排挤,辞官回到杭州住了八年,崇祯末年复官。清兵入关后,力主抗清,任苏松总督,杭州沦陷,自沉于寓山池殉节。他的两个儿子继续抗清,直至牺牲。

祁世培曾在绍兴西南二十里的寓山造了一处园

快园忆

林,并撰《寓山注》。在《寓山注》的序文部分,祁世培说,刚开始建园时,只计划造三五间房,有客人来便指指点点,此处可建一亭,此处可建一榭,他听了不以为然。后来想客人们所说也不错,于是有了"开园之痴癖也"。"园尽有山之三面,其下平田十余亩,水石半之,室庐与花木半之。为堂者二,为亭者三,为廊者四,为台与阁者二,为堤者三。其他轩与斋类,而幽敞各极其致;居与庵类,而纤广不一其形;室与山房类,而高下分标其胜。与夫为桥、为榭、为径、为峰,参差点缀,委折波澜。大抵虚者实之,实者虚之;聚者散之,散者聚之;险者夷之,夷者险之。如良医之治病,攻补互投;如良将之治兵,奇正并用;如名手作画,不使一笔不灵;如名流作文,不使一语不韵。此开园之营构也。"祁世培才华横溢,相当有主见,其时官运亨通,走南闯北,见识又广。饶是如此,他亦徘徊,对于来客的建议耿耿于胸,难下决断。不过,张岱的建议祁家兄弟还是愿意坦然接受的,毕竟张岱是这方面的佼佼者。张岱给祁世培写信阐述过自己对园林建造的诸多想法,

湖山

至今仍是江南园林参考的重要观念。

后来，寓园竣工，祁世培依寓山的景点作画，请张岱作跋。对于园中四十九处景致的名字，张岱在跋文中说这些名字"无一字入俗"，这是非常难得的。张岱写道："寓山作记、作解、作述、作涉、作赞、作铭者多矣，然皆人而不我，客而不主，出而不入，予而不受，忙而不闲。主人作注，不事铺张，不事雕绘，意随景到，笔借目传，如数家物，如写家书，如殷殷诏语家之儿女僮婢。闲中花鸟，意外云烟，真有一种人不及知而已独知之之妙。"可见他对于好友所作寓山图的赞誉。

张岱存世的词不多，《琅嬛文集》中收词十七首，十六首均为《寄调蝶恋花》，是为祁世培的寓园而作。寓园胜景四十九处，仿西湖内外景名目，题名十六处，如"远阁新晴""通台夕照""镜湖帆影"等等。祁世培征词于众名士，合于一册，题为《寓山十六景诗余》。祁世培对张岱的词作极为欣赏，有书札云："读刻《寓山志》诗余，绝佳，皆迥出秦柳一派。"《寄调蝶恋花》以十六景为题，一题一咏，通篇写

快园忆

景，多有佳句。诸如"一抹轻烟，横截青山趾""霞湿瘢痕，坟起丹邱血""刿水归帆，犹带山阴雪""山入秋湖皆小垤，滋蔓难图，迢递如瓜瓞"等等。张岱的眼光并不局限于园林内的方寸天地，而是放眼望之，看到大地山河、城郭村落，使赏园之人将园内景致与园外风光连接起来，胸怀更宽阔，颇得"芥子纳须弥"的真谛。景中有画，画中有景，真正体现出中国园林和山水的美学理念。

二

张岱六岁的时候，随父亲在悬杪亭读书。悬杪亭建在龙山的峭壁之下，只用木石支撑，而不用土建。"飞阁虚堂，延骈如栉。缘崖而上，皆灌木高柯，与檐甍相错。取杜审言'树杪玉堂悬'句，名之'悬杪'，度索寻橦，大有奇致。"后来他的二叔听信风

湖山

水大师的话,认为悬杪亭阻碍了龙脉,于家族不利,于是想办法买下,并在一夜之间全部拆掉。如今这里成了杂草丛生的破败之地。儿时的记忆难忘,只能在梦中重游悬杪亭。

岣嵝山房也是张岱少年时读书之处。这里临山,临溪,临驳光路,所以路都起梁,屋如阁楼。门外是苍松翠柏,绿树成荫。有石桥石凳,可以坐十人。寺庙里的和尚剖开竹子引来泉水。此处风光"耳饱溪声,目饱清樾"。山上山下多种西栗、边笋,鲜美无比。旁边的人家就以山房为店,各种水果、飞禽都有,只是无鱼可卖。于是积水为池,养数十条大鱼,有客人来,直接取鲜鱼现烹。

张岱还写过一篇《天镜园》。文中说:"天镜园浴凫堂,高槐深竹,樾暗千层,坐对兰荡,一泓漾之,水木明瑟,鱼鸟藻荇,类若乘空。"张岱在这里读书,"扑面临头,受用一绿,幽窗开卷,字俱碧鲜。每岁春老,破塘笋必道此。轻舠飞出,牙人择顶大笋一株掷水面,呼园中人曰:'捞笋!'鼓枻飞去。园丁划小舟拾之,形如象牙,白如雪,嫩如花藕,甜如蔗

快园忆

霜。煮食之，无可名言，但有惭愧"。天镜园在绍兴城南门外里许，兰荡附近，是张氏园林之一。张岱常在这里读书，扑面而来尽是翠绿，靠着窗户掀开书页，连书上的字都显得碧绿新鲜。每年暮春，总要到这里来采笋，小艇划出，仆人从水中挑大笋丢到水面，高呼捞笋！园丁划小舟去拾起洁白甜嫩的大笋，煮熟之后，好吃得无法用语言来形容。如此读书之处，书若读得不好，简直对不起这个环境。

张岱在《筠芝亭》一文中详细描述了筠芝亭设计的高妙之处。他说："筠芝亭，浑朴一亭耳。然而亭之事尽，筠芝亭一山之事亦尽。"还说："多一楼，亭中多一楼之碍；多一墙，亭中多一墙之碍。太仆公造此亭成，亭之外更不增一椽一瓦，亭之内亦不设一槛一扉，此其意有在也。"他接着回忆道，亭子的前后有他祖父亲自种下的树，已经合抱之粗，"清樾清岚，滃滃翳翳，如在秋水"。站在亭子前的石台上远眺，眼界开阔，敬亭山等山峰尽收眼底，溪水潺潺，树木高低错落，如同流到松叶上一般。从石台上往下右转的三道石阶旁，生长着一棵弯腰而立的老松，

湖山

顶上垂下一枝,像一顶小伞盖,树枝盘曲茂盛,回旋舒展,像一柄弯曲的羽扇。在癸丑年(1613)之前,松树不高不矮,最有意境。

三

我对张岱文中描述的"快园"仰慕已久,几次安排去绍兴,都因有事未能成行。庚子初夏,正逢梅雨,与宜兴书法家何勇相约到绍兴一游。为了满足我的好奇心,他帮我预定了绍兴饭店。我先前查阅资料,方知快园至今没有留下遗迹,只是在遗址上建起了绍兴饭店,作为市政府的接待宾馆。饭店的建筑并非仿古,但带有吴越风格,白墙灰瓦,挑檐高昂,简约大气,处处是景。绍兴的绿化从不刻意铺排,随空间巧置妙景,自然贴切。

张岱《快园记》记载,快园原为明朝初年御史大

快园忆

夫韩宜可的别墅，韩御史的女婿诸公旦为读书用，在原址上盖了一座精舍。老两口称公旦为"快婿"，所以为之起名为"快园"。张岱家以后就沿用了这个园名。"快园"在龙山后麓，园中所建房屋，如同手卷，段段选胜。开门见山，开窗见水。前面的园子土地肥沃，种了好多果木。当年公旦在时，"笋橘梅杏，梨楂菘蔬，闭门成市。池广十亩，豢养鱼肥。有桑百株，桃李数十树，收其直，日可得耘老一叉钱"。张岱还专门写了四言古诗《快园十章》，其序言："己丑九月，僦居快园，葺茅编茨，居然园也，诗以志之。"

顺治六年（1649），这一年张岱五十三岁，清兵攻克绍兴已经三年。张岱从郊外的项王里搬回快园。眼前的快园已经是"于惟国破，名园如毁。虽则如毁，意犹楚楚。薄言葺之，诛茅补垒。若曰园也，余讵敢尔"。因为国破，快园也被毁，简单修葺，不敢称之为园。张岱又说："园亭非昔，尚有山川。山川何有？苍苍渊渊。烟云灭没，蹊跙蜿蜒。呼之或出，谓有龙焉。"快园已经不是昔日的快园，但是

湖山

山川还在,张岱依然能从中找到无穷的乐趣:"有何可乐?南面书城。开卷独得,闭户自精。明窗净几,蔬水曲肱。沉沉秋蛩,夜半一灯。"这样的生活也是孤独的,总是在这样的时刻,怀念起故人。"伊余怀人,客到则喜。园果园蔬,不出三篑。何以燕之?雪芽禊水。何以娱之?佛书心史。"客人来了,用园子里的果蔬招待,沏上自制的雪芽香茶,谈佛论道,心情愉悦。"身无长物,惟有琴书。再则瓶粟,再则败衲。意偶不属,纳屦去矣。敢以吾爱,而曰吾庐。"不用说,尽管家道中落,张岱仍能坦然面对,他对快园之所以情有独钟,更多是怀念从年少到青年时期在这里度过的日子。

故地重回,即使面对残墙破院,眼里映出的依然是它们昔日最美的模样。就像今日,每逢节假日,常常在朋友圈里看到,一些在大城市工作的朋友驱车数百公里回到故乡,站在儿时曾经住过的窑洞、茅庐前,或拍照留念,或静静发呆。不是说这老宅有多好,有多值得欣赏,而是它承载着一个人幼时的欢乐和艰难。那种刻在骨髓里的记忆,唯有自己懂得。

在张岱的记忆中,最喜欢的就是夏天午后,与几位少年坐在快园里谈天说地。溽暑难耐,他们躲在石桥下傍水乘凉。《陶庵梦忆》中的许多人物纪事,就是在快园完成的。顺治七年(1650),张岱自号"六休居士",曰:"粗羹淡饭饱则休,破衲鹑衣暖则休,颓垣败屋安则休,薄酒村醪醉则休,空囊赤手省则休,恶人横逆避则休。"六休,实乃大安乐法也。

四

张岱有一篇小品文《梅花书屋》,我爱其文字,更爱其所述场景,曾以小楷抄录数篇赠与友人。陔萼楼后面的一栋老屋倒塌后,张岱把地基加高四尺,建了一间大书屋。"旁广耳室如纱幮,设卧榻。前后空地,后墙坛其趾,西瓜瓤大牡丹三株,花出墙

湖山

上,岁满三百余朵。坛前西府二树,花时积三尺香雪。前四壁稍高,对面砌石台,插太湖石数峰。西溪梅骨古劲,滇茶数茎,妩媚其傍。梅根种西番莲,缠绕如缨络。窗外竹棚,密宝襄盖之。阶下翠草深三尺,秋海棠疏疏杂入。前后明窗,宝襄西府,渐作绿暗。余坐卧其中,非高流佳客,不得辄入。"虽不能说十分奢华,却有十分品位。因为倾慕倪云林的书斋"清閟",张岱便为这间书屋起名为"云林秘阁"。这一年,他四十一岁。

一天,祁彪佳、倪元璐来访,张岱弹琴作乐,晚上,又在园子里演出《红丝记》。宴席散后,主宾皆睡在船上。张岱与祁彪佳、倪元璐、王士美、周墨农、张毅孺等结成诗社。张岱曾有诗歌咏梅花书屋:"一入梅花屋,真如见故人。琴书曾有约,木石自相亲。鸿起原无迹,鹤归尚有身。桃源此即是,何必学秦民。"避乱世的桃花源是古人大梦,而梅花书屋仿若现实版的桃花源。

张岱的父亲张耀芳,字尔弢,号大涤。天启元年(1621)参加南京会试,落第而归。张岱祖父因

快园忆

病从贵州回乡,建砎园于龙山脚下。当时张家不差钱,砎园预算充足,园极华缛,曾有两位老人在此游园,其中一位叹曰:"竟是蓬莱阆苑了也!"另一老斥之曰:"个边哪有这样?"可见其景致非一般园林可比拟。

砎园建造时,张岱二十五岁,整天斗鸡耍狗,踢球演戏,玩得不亦乐乎。砎园的好景致,家境破败后,张岱常常忆及。他在文中回忆道:"水盘据之,而得水之用,又安顿之若无水者。寿花堂,界以堤,以小眉山,以天问台,以竹径,则曲而长,则水之。内宅,隔以霞爽轩,以酣漱,以长廊,以小曲桥,以东篱,则深而邃,则水之。临池,截以鲈香亭、梅花禅,则静而远,则水之。"

张岱书斋讲究,藏书也颇丰,祖上三世藏书,"积书三万余卷"。祖父曾对他说:"诸孙中惟尔好书,尔要看者,随意携去。"于是,张岱将历代祖宗所读的书及笔记、手稿找出来,请求带走。他的祖父非常高兴,点头同意,这些书卷大约有两千多册。祖父去世后,张岱前往杭州定居,家里叔侄兄弟、门

湖山

客匠人、奴仆小婢纷纷乱取，三代藏书，不日尽失。张岱从小开始藏书，四十年积聚了三万卷，乙酉年（1645）为避兵乱，捡了一些常用之书，装了几个箱子带走，其余均被官兵没收，或作薪火，或装箱作掩体，也毁于一旦。"此吾家书运，亦复谁尤？"

张岱曾在文中感慨古今之藏书，只有隋唐时期最为丰富。隋代时，内库藏书约三十七万卷，藏书殿分为三品，各殿垂有锦幔。皇上要阅览时，踏下机关，锦幔收起，书柜自己打开；皇上出来，书柜自动关闭。唐代时，内库所藏书籍迁入东宫丽正殿，设置了修文、著作两院，学士需凭证出入。唐代时的殿藏书籍约二十万八千卷。到了明代则不可计数，仅《永乐大典》就堆满书库。相比之下，自己的藏书真是九牛一毛。

张岱四十二岁时与堂弟张萼[①]常在瑞草溪堂和梅花书屋读书。这一年，他带着秦淮名妓王月生与茶人高手闵汶水等人游览燕子矶、栖霞山，在另篇《秦

[①] 张萼，初字介子，又字燕客，张岱堂叔张联芳正室独子。

快园忆

淮月》中有述。此时距离清兵入关还有五年，张岱依然能游览山河，会友娱乐，还能静心读书，乐此不疲地布置自己的书房。

"不二斋"也是张岱的书屋，景色宜人。他在《不二斋》中写道："不二斋，高梧三丈，翠樾千重，墙西稍空，蜡梅补之，但有绿天，暑气不到。后窗墙高于槛，方竹数竿，潇潇洒洒，郑子昭'满耳秋声'横披一幅。"这里的藏书甚是丰富，"图书四壁，充栋连床；鼎彝尊罍，不移而具。余于左设石床竹几，帷之纱幕，以障蚊虻；绿暗侵纱，照面成碧。夏日，建兰、茉莉，芗泽浸人，沁入衣裾。重阳前后，移菊北窗下，菊盆五层，高下列之，颜色空明，天光晶映，如沉秋水。冬则梧叶落，蜡梅开，暖日晒窗，红炉毳氍。以昆山石种水仙，列阶趾。春时四壁下皆山兰，槛前芍药半亩，多有异本。"面对这四时绝景，张岱解衣，舒展双腿随意坐卧，无论寒暑都不想出门，如今想起来恍如隔世。

历三百年和平，晚明文人浸染于种种生活细节与情趣，对园林书斋也有更多的讲究与寄托。"无事且

湖山

从闲处乐,有书时向静中观。"明代文士陈眉公认为最理想的书斋应该是:"净几明窗,一轴画,一囊琴,一只鹤,一瓯茶,一炉香,一部法帖;小园幽静,几丛花,几群鸟,几区亭,几拳石,几池水,几片闲云。"这都是从苏东坡的词中学来的。

书斋园林在晚明江南甚为风行,以苏州、扬州为最。一种是罢官回乡,前程无望,遂构筑新园,读书、写字、作画、教子、会友,乐在其中。另一种是家中富有,附庸风雅,尽情享乐,炫耀财富。贫家子弟、布衣学子,没有这个实力,亦不敢奢望。

山西古建筑中有多处大院,大多建于晚明和清朝。有些院落建了数十年才完工,一般是供家族世代居住。太谷县的常家庄园,算是有些文化意蕴的院落。院内有一个占地面积很大的花园,园内有池塘、石桥。庄园内最高的建筑是一座楼,名为"观稼楼",意为站在楼上可以看到自家租户们耕种的庄稼长势。书房也很大,是后辈们的学堂。还有一处碑廊,将历代名家书法刻于石墙上,供后人学习书法之用,为此晋商园林少了些铜臭,多了缕书香。民国著名书法

快园忆

家常赞春，就是常家后辈。常家庄园与张岱笔下的园林相比差别不大，只是在设计、施工、景观上，相距甚远。我看过杭州的胡雪岩故居，那是我见过的最小的园林，但是园林该有的布置、陈设、巧思，无所不有，且选材用料都是天花板级别的。

明万历年间的举人刘士龙，陕西富平人，著有《巢阁记》《游钓台记》《游白沙泉记》等。刘士龙有一篇小品文《乌有园记》很有意思。"乌有"即"无有"，他极尽想象之能事，在脑海中建造了一处无与伦比的园林。我们来看看刘士龙是怎样规划的。"吾尝观于古今之际，而明乎有无之数矣。金谷繁华，平泉佳丽，以及洛阳诸名园，皆胜甲一时，迄于今，求颓垣断瓦之仿佛而不可得，归于乌有矣。"他说，古今多少名园，景致奢华，堪如美人，名盛一时。但是，到今天都成为断壁残垣，尽归于"乌有"。他接着说，能够流传下来的只有纸上的园子。既然再美的园子，千百年后也是归于乌有，唯有文字可传后世，那么不如记下纸上园林，既不伤财，也不劳力，享用足矣，最适合贫困人家，这样的园子更

湖山

胜一筹。接着,刘举人开始想象他心中的园林:"园之基,凭山带水,高高下下,约略数十里。园之大者在山水。""园内之山,叠嶂黛秀。或横见,或侧出,或突兀而上,或奔趋而来。烟岚出没,晓夕百变。时而登眺,时而延望,可谓小有五岳矣。"这是说园中之山,那么园中之水呢?"山泉众注,疏为河渠,一棹中流,随意荡漾,傲睨放歌,顿忘人世。穿为池而汇者,以停云贮月,养鱼植藕。分为支而导者,以灌树浇花,曲水行觞。"说完山水,接着说树木:"秾桃疏柳,以装春妍;碧梧青槐,以垂夏荫;黄橙绿橘,以点秋澄;苍松翠柏,以华冬枯。"然后是种花:"高堂数楹,颜曰:'四照',合四时花卉俱在焉。五色相错,烂如锦城。四照堂而外,一为春芳轩,一为夏荣轩,一为秋馥轩,一为冬秀轩,分四时花卉各植焉。"说完花草树木,就该说说建筑了。"飞阁参天,云宿檐际;崇楼拔地,柳拂雕栏。曲房周回,户牖潜达;洞壑幽窅,烛火始通。"然后开始肆无忌惮地建园子:"更一院而分为四,贮佳酝、名茶、歌儿、舞女各一焉。又一院而分为三,贮佛、

快园忆

道、儒三家者各一焉。又一院而分为二，贮名书画、古鼎彝者各一焉。而又有雨花之室，衲子说空；碧虚之阁，羽人谈玄。"园子如此规模，岂不劳心？他坦然道："园中之我，身常无病，心常无忧。园中之侣，机心不生，械事不作。供我指使者，无语不解，有意先承。"这样的园子至少不用因维护、修缮而牵扯无穷精力，还有，"风雨所不能剥，水火所不能坏，即败类子孙，不能以一草一木与人也"，这句话倒是点明了此中真意。

可以想象，刘举人躺在绳床上，闭目构思，心随所想。不能不说古人也有古人的解闷法。如今很少有人能拥有一个园子，园子里有舒适的书斋。但是《乌有园记》给了我们一个梦想，可以任意地设计一个属于我们自己的书斋园林。它可以无限大，无限豪华，但凡想到的，可以统统放进去。我们可以在任意一个小亭子里闲坐，在任意一个花圃里赏花，在书斋里读书，在水塘边垂钓。既然是"乌有"，那就放任自己的想象，也会有一时的快乐。昔日张岱绍兴的快园、西子湖畔的寄园，从奢华到乌有，也不过

湖山

留下无限的情思。

明人张鼐有《题王甥尹玉梦花楼》一文，梦花楼与张岱的快园有异曲同工之妙。他说："辟一室，八窗通明，月夕花辰，如水晶宫，万花谷也。室之左构层楼，仙人好楼居，取远眺而宜下览平地，拓其胸次也。楼供面壁达摩，西来悟门，得十年静专也。设蒲团，以便晏坐。香鼎一，宜焚柏子。长明灯一盏，在达摩前，火传不绝，助我慧照。《楞严》一册，日诵一两段，涤除知见，见月忘标。《南华》六卷，读之得'齐物'、'养生'之理。此二书，登楼只宜在辰巳，时天气未杂，讽诵有得。室中前楹，设一几，置先儒语录，古本'四书'白文。凡圣贤妙义，不在注疏，只本文已足。语录印证，不拘寒白，尤得力也。北窗置古秦、汉，韩、苏文数卷，须平昔所习诵者，时一披览，得其间架脉络。名家著作通当世之务者，亦列数篇卷尾，以资经济。西牖广长几，陈笔墨古帖，或弄笔临摹，或兴到意会，疾书所得，时拈一题，不复限以程课。南隅古杯一，茶一壶，酒一瓶，烹泉引满，浩浩乎备读书之乐也。"这

快园忆

个布置算是最完善的了,从摆设到物件,从位置到时辰,都有详细说明。条件所限,做不做得到并不重要,心里已然是有标准了。

徐渭是张岱祖父辈的世交。绍兴本来也不大,在这样一个小城中,名门望族与文人雅士往往过从甚密。一是望族之家需要附庸风雅,为教育后辈寻求师资,二是文人雅士也需要经济补充来继续风雅。估计张岱的祖父也是这么想的。我曾经游览过徐渭在绍兴的书斋"青藤书屋",在一条特别窄的巷子里。园门不大,进去是一个开阔的前院,门对面是一堵高高的灰瓦白墙,嵌着手书的三个字"自在岩"。从左手进后园,感觉很小,过水池,上有一步桥,进书斋,亦很小,采光并不好。想象徐渭在此读书时的情景,不胜感慨。

其实徐渭很早就离开这里了。崇祯末年,陈洪绶因崇敬徐渭,举家从诸暨枫桥老家迁入书屋,后清军南下,他也匆匆离开。

张岱在书中曾经介绍过祖上与徐渭的交往。徐渭在《半禅庵记》中说:"人身具诸佛性,譬如海水,

湖山

结诸业习,譬如海冰。当其水时,一水而已,安得有冰?及其冰时,虽则成冰,水性不灭。"他说,安徽休宁居士程正甫,家在黄石潭上,大峡谷中,万松最深处,垣园百亩,名松逸园,"裁胜构建,既成八区,景聚心娱,莫不毕备"。徐渭一生过得并不好,人称"中国的梵高",可见其窘迫。他没能有一处大园子,只好为别人的园子写一点文章,换些酒喝罢了。

梁绍壬在《两般秋雨庵随笔》中写了一则"徐文长"。他说:"会稽家文定公里第,在绍兴府城东,地名曲池,明徐文长青藤书屋故址也。中有先生塑像,举家崇祀甚谨。此屋每遇科场之岁,尝有人借寓读书,先生必显灵异。如有人入彀者,则红袍而出,否则青衿也。"可见名气大了,人人都想沾点文气,有如大考前有人拜文殊菩萨。殊不知,文殊菩萨是智慧菩萨,不是科举菩萨。

如今,世间留下的园林已经很少了,张岱的快园,袁枚的随园,如今都成了酒店,游人攘攘,往来如织。豪华的书斋园林,不过如此,世间更多的是草庐茅庵,

快园忆

踪迹无寻,但我们仍然可以凭一丝依稀的气韵,领略古代文人的精神寄托之所。无论如何,置身其中,对一壶酒,一溪云,古时皎月仍照今。

余呼小僕攜戲具盛張燈火大殿中唱韓蘄王金山及長江大戰諸劇鑼鼓喧闐一寺人皆起看有老僧以手背撥眼翳翕然張口呵欠與笑嚏俱至徐定睛視何許人以何事何時至皆不敢問劇完將曙解纜過江山僧至山脚目送久之不知是人是怪是鬼

張岱·金山夜戲節錄　老橋書

第五章 金山夜

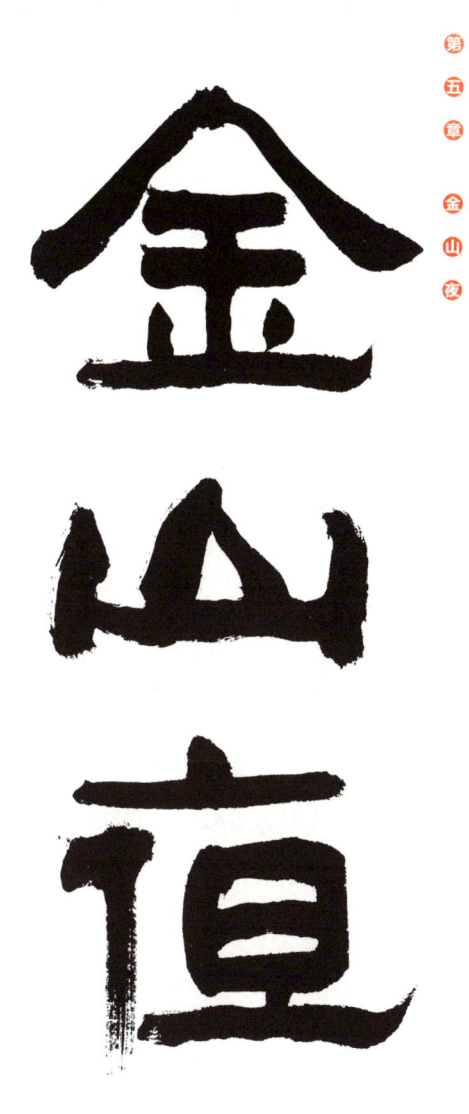

湖山

一

我们这一代人还是喜欢戏剧的。少儿时常常跟着家里老人去剧场看戏,而非听戏。听戏没意思,听不懂,一句话要咿咿呀呀,半天才说完。要看粉墨登场,水袖帽翅,小旦的俏丽,青衣的美韵,须生的潇洒,武生的功夫。

戏是地方戏,山西梆子,官名是晋剧。那时候的大腕也没什么架子,晚上演完戏,骑辆自行车就回家了。我们小时候,常常站在巷子口的路灯下,看晋剧名家田桂兰骑车回家,那时觉得她长得极好看。当年她在电影《打金枝》里还只扮演一个宫女,后来接了冀萍,演了升平公主。那十年间,改看样板戏,京剧成了第一爱看的戏。虽然唱不了原味儿,但是能背几十段唱腔。

想想古时候,看戏是主要的娱乐形式,特别是有钱人家,新婚大礼要唱,孩子出生、满月、周岁、生日要唱,老人过寿,盖房乔迁,科考高中要唱。总

金山顶

之，戏的名目很多。讲究的，家养戏班子，自己培训演员，自己编剧本，甚至自己粉墨登场，过一把戏瘾。也有人请外面的戏班子唱堂会，最不济的，也是在戏馆里找个位子，要一壶茉莉花茶，一包瓜子，看得入迷。

那时就有今天的追星族了，迷得死去活来。2001年播放的电视连续剧《大宅门》，蒋雯丽饰演的白家大小姐白玉亭，疯狂追求京剧名家万筱菊。万筱菊是有家室的人，白玉亭宁可做妾，也要追随万筱菊，最后宁可抱着他的照片结婚。这在当时的有钱人家小姐中，并不少见。

二

张岱喜欢戏曲，算是娘胎里带来的。养戏班子是张家几代人的爱好，他的母亲怀胎十月，且不说看，

湖山

就是听排演也算胎教了。

崇祯二年（1629）中秋，张岱干了一件让人瞠目结舌的事。他带着家里的戏班子过镇江，去兖州。船到了长江口，"月光倒囊入水，江涛吞吐，露气吸之，噀天为白"，目睹这个景象，张岱非常惊喜，便命移舟金山寺。到时已二鼓时分，一行人穿过龙王堂，进入大殿，一片寂静。张岱招呼小厮，把携带的全套家伙事儿打开，顿时灯火通明，戏子们唱起"韩蕲王金山及长江大战诸剧"，锣鼓喧天，全寺的人都起来看。有老和尚惊讶得揉眼张嘴，连打哈欠，想定睛看看是什么人，又不敢问。大戏演完，天快亮了，张岱领人解缆过江，庙里的和尚一直送到山脚下，终了也不知是人是鬼。这样的事，张岱年轻时干了很多次。

张岱所说的戏，是当地的绍兴戏。究其渊源，自唐代，越州就有参军戏，戏文皆是当地文人所作；南宋时期，主要演出各种宫调及杂剧，流行的曲艺则是鼓词，洪迈的《夷坚志》中就记载过越地各种宫调的内容。杂剧流行于越州民间，或是为了祭神

金山寺

而演。鼓词则是宋代时期越中主要的曲艺形式。南宋时，绍兴城乡演出活动频繁，陆游晚年的诗中多有咏及。当时，乡村里已有自己的戏班子，叫"村伶"。为了不误农时，大多在农闲或是夜晚演出，很受农民欢迎。陆游有诗曰："老伶头已白，相识不论年。时出随童稚，犹能习管弦。"老戏子已是满头白发，但是大家都还认识，他出门时，身后有童子抱琴相随，演唱时依然能弹琴奏曲。陆游还有其他诗句，描写过"村伶"演出的盛状："野寺无晨粥，村伶有夜场""空巷看竞渡，倒社看戏场"。

明代万历十四年到二十五年（1586—1597）"绍兴梨园""余姚梨园""绍兴戏子"以余姚腔多次演出于上海豫园等地。明嘉靖、隆庆年间，昆腔由吴中一带迅速传播至江浙各地。万历年间昆腔大流行，越中士大夫纷纷组织家班、女戏，声势浩大。张岱家的戏班子大概就产生于此时，甚至更早。后来随着形势变化，家班子逐渐衰落，伶人离开家班，加入民间班社。明末，流行调腔；清朝，乱弹风行；到了民国初年，发展为绍兴文戏；新中国成立后，源

湖山

于乱弹的绍剧以及出自绍兴文戏的越剧都得到长足的发展。

绍剧主要流行于绍兴、宁波一带，形成于明末。我印象最深的就是二十世纪六十年拍摄的彩色电影《三打白骨精》，虽然唱腔基本上听不懂，但是打戏、猴戏，看得人眼花缭乱，触目惊心。孙悟空的扮演者正是一代猴戏大师六龄童，那一招一式，把猴王的猴气和霸气表现得淋漓尽致。算是很多人少年时的一道文娱大餐了，多年之后都不会忘记。

三

张岱在《朱云崃女戏》一文中说，绍兴有一位专教女戏的先生朱云崃，对上门求教的弟子，不是先教戏，而是"先教琴，先教琵琶，再教提琴、弦子、箫、管，鼓吹歌舞，借戏为之，其实不专为戏也"。戏曲

金山夜

的伴奏也是非常好听的,我最喜欢京剧中诸如《夜深沉》等曲子。一位年轻貌美的女琴师,操一把京胡,缓缓奏起,身后的背景变换着深宅大院、钟楼飞鸽、胡同小街、湖映白塔、香山古寺,真是"卷幔山泉入镜中"。张岱说:"丝竹错杂,檀板清讴,已妙朕理,唱完以曲白终之,反觉多事矣。"

戏曲中的歌舞当然也是看点之一。我少年时曾随太原实验晋剧团画布景的杜老师学画,所以看戏时留意舞美、装置及布景。我还画过许多戏曲布景小样图,诸如《牡丹亭》的园林、《红色娘子军》的水牢、《沙家浜》的芦苇荡等等,后来都不知丢到哪里了。所以看张岱所言:"西施歌舞,对舞者五人,长袖缓带,绕身若环,曾挠摩地,扶旋猗那,弱如秋药。女官内侍,执扇葆璇盖、金莲宝炬、纨扇宫灯二十余人,光焰荧煌,锦绣纷叠,见者错愕。"区区几十个字,竟将一台演出的场景描写得如此细致,如同坐在舞台之下,置身灯火之中。

张岱的父亲张耀芳曾经建造一幢楼,将之置于船上。当地人或谓"船楼",或谓"楼船",颠倒不管。

湖山

七月十五日建成那日,除了祖父,全家不分老幼都来到楼船之上。张家用几层木排搭建戏台,城里城外的人纷纷来看戏,大大小小汇集了上千艘船。到了午后,突然刮起飓风,巨浪磅礴,大雨如注。楼船危险,大风几乎将之颠覆,后以木排为墙,用几千条缆绳如织网一样才把它牢牢拴住,没被风吹倒。少顷风定,完剧而散。且不说戏演得怎样,就是这段经历就让人心惊胆战。不能不说,张家人有钱,玩的就是心跳。

明代还有一位戏剧家阮圆海。说阮圆海可能没有多少人知道,但是说起阮大铖大家就都知道了。阮大铖(1586—1646),字集之,号圆海、石巢、百子山樵,南直隶安庆府桐城县(今安徽省枞阳县)人,明万历四十四年(1616)中进士。阮大铖中进士后为官,先依附东林党,后依附魏忠贤,崇祯时期以"附逆罪"被免。明亡后,入福王朱由崧的南明朝廷,官至兵部尚书、右副都御史、东阁大学士,对东林、复社人员大加报复。南京沦陷后降清,死于仙霞岭。关于他的死,有两种说法,一说他是

金山寺

因坠崖而亡，二说他是病死于清兵攻打仙霞山的古道中。

陈寅恪在《柳如是别传》中曾评价阮大铖："圆海人品，史有定评，不待多论。往岁读咏怀堂集，颇喜之，以为可与严惟中之钤山，王修微之樾馆两集，同是有明一代诗什之佼佼者。"如陈寅恪隐晦所言，阮大铖为人反复，人品不好，因《桃花扇》闻名于世的秦淮名妓李香君，就是为其设计所害。他当官不到两年，执政能力一般，才华却是有目共睹，尤其对于戏剧的研究，成果颇丰。张岱算是当年与其交往较多的诗友。他说，阮家的戏班子讲究剧目、情理、筋节，与其他孟浪的戏班子不同；戏本都是主人自己编写，笔笔勾勒，苦心尽出，与其他鲁莽的戏班子也不同。所以演出的戏，"本本出色，脚脚出色，出出出色，句句出色，字字出色"。对于戏剧专家张岱来说，这个评价可以说是盛赞了。

张岱曾经在阮家看过《十错认》《摩尼珠》《燕子笺》等剧目，"其串架斗笋、插科打诨、意色眼目，主人细细与之讲明，知其义味，知其指归，故咬嚼

湖山

吞吐，寻味不尽"。张岱对《十错认》中的龙灯、紫姑，《摩尼珠》中的走解[①]、猴戏，《燕子笺》中的飞燕、舞象、波斯进宝感慨万分，因为纸札装束，无不尽情刻画，分外出色。可惜的是，阮圆海居心不静，他编的剧目有谩骂，有嘲讽，诋毁东林党，为魏党辩护，所以被当时的君子所唾弃，其传奇也不被世人所认可。但就戏剧而言，则不断创新，不落窠臼。

我发现，历史上有很多佞官奸臣，大多是有才之人，诗文书画，都是一顶一的高手，譬如，宋代的高俅、蔡京、贾似道、秦桧，明代的严嵩、阮大铖等等。但是中国人讲究人品第一，故有很多反面人物被历史湮没，甚至被唾弃，空余一身才华。

[①] 骑者在马上表演技艺，古代百戏之一，初为宫廷之戏，后泛指马上的技艺表演。

金山夜

四

崇祯七年（1634）十月，张岱携女伶朱楚生乘游船"不系园"，在杭州观赏红叶。后到定香桥，遇到了南京来的曾鲸、东阳来的赵纯卿、金坛来的彭天锡、诸暨来的陈洪绶、杭州本地的朋友杨与民、陆九、罗三，还有一位女伶陈素芝。张岱欣然邀请各位饮酒。

当时有名的人物画家陈洪绶带着素笺，为赵纯卿画古佛。陈洪绶是张岱叔叔的女婿，亦是张岱密友，他画的古佛、高士、侍女，堪为一绝。曾鲸为赵纯卿画肖像，杨与民弹三弦，罗三唱小曲，陆九吹箫。杨与民又拿出寸长的界尺，用北调说唱《金瓶梅》一剧，听得人如痴如醉。

到了夜间，彭天锡与罗三、杨与民串本腔戏，非常绝妙。随后，又与朱楚生、陈素芝串调腔戏，更是绝妙。众人兴致大增，连画家陈洪绶也按捺不住，起身唱村落小曲，张岱取琴和之，如咿咿呀呀之语。赵纯卿笑着说，恨小弟没有一技之长，给各位兄长

湖山

助兴。张岱说起一段典故，唐代裴旻将军居丧期间，请吴道子画天宫壁画以度亡母。吴道子说，将军为我舞剑一回，我可因将军之猛厉而直通幽冥。裴旻脱去孝服，扎好腰带，飞身上马，挥剑入云，高十多丈，然后剑落若电光下射，裴旻用剑鞘接着，剑穿鞘而入，众人惊呆了。吴道子扬起衣袖，运笔如风，壁画一挥而就。陈洪绶为赵纯卿画佛，赵纯卿舞剑，今日正好。赵纯卿闻言，立刻起身，取出重达三十斤的竹节鞭，作胡旋舞数圈，大笑而收。

张岱是个爱凑热闹的人，凡有热闹处，总是少不了他。天启三年，二十七岁的张岱和兄弟数人带着家里的戏班子、南院王岑、老串杨四、徐孟雅、圆社河南张大来等人，前往陶堰司徒庙。此庙为汉代会稽太守严助的庙，每到上元时节设供，族上之人聚集起来，筹划一年之事。张岱等人到了庙里，开始玩蹴鞠，张大来以"一丁泥""一串珠"闻名，球在他的身上旋滚，粘滞有胶、提掇有线、穿插有孔，人人叫绝。庙戏演到一半，张岱便命自己带的人上演。王岑扮演李三娘，杨四扮演火工窦老，徐孟雅扮演洪

金山店

一嫂,马小卿只有十二岁,扮演咬脐郎[2],串《磨房》《撇池》《送子》《出猎》四出。"科诨曲白,妙入筋髓,又复叫绝。遂解维归,戏场夺气,锣不得响,灯不得亮。"张岱就是如此,不玩则已,玩就要玩到极致。

张岱说,谢太傅不蓄声伎,因为畏"解",干脆不养。王右军也说过,"老年赖丝竹陶写,恒恐儿辈觉"——害怕被儿辈们发现,反而影响了他自娱自乐。说"解",说"觉",古人用字,颇具深意。声音最容易进入人的内心,一解则自不能已,一觉则自不能禁。张岱家的戏班子,世所罕见。祖父自万历年间,与范长白、邹愚公、黄贞父、包涵所等先生钻研此道,组建的声伎班底,可以说是破天荒。首先有"可餐班",以张彩、王可餐、何闰、张福寿闻名;其次是"武陵班",以何韵士、傅吉甫、夏清闻名;再次是"梯仙班",以高眉生、李芥生、马蓝生闻名;然后是"吴郡班",以王畹生、夏汝开、杨啸生闻名;接着是

---

[2] 后汉末代皇帝刘承祐,后汉高祖刘知远与李皇后之子。乾祐三年被杀,时年二十岁。

湖山

"苏小小班",以马小卿、潘小妃闻名;最后是"茂苑班",以李含香、顾芩竹、应楚烟、杨骙骊闻名。要养这六个戏班子可不是小事,不但要负责他们的生计,还要提高他们的技艺,不断出新。随着祖父对戏剧的理解日益精进,这些戏班子成员们的技艺也越来越出奇。到张岱年过半百之际,小戏童自小而老、老而复小、小而复老,已经换了五拨人。"可餐班"和"武陵班"的人,就像古董,再也看不到了;"梯仙班"和"吴郡班"还活着的,已是伛偻老人;而"苏小小班"有一半都不在了;"茂苑班"随着张岱弟弟平子[3]的离去,换了新的主人。张岱说自己也老了,但婆娑一老,以碧眼波斯,还能辨别水平好坏。

明晚期,越中戏剧始用女戏。张岱说:"女戏以妖冶恕,以啴缓恕,以态度恕,故女戏者全乎其为恕也。"但是刘晖吉则是异类,她奇情幻想,欲补从来梨园之缺陷。张岱拿《唐明皇游月宫》这出戏来做例,整个舞美布置,灯火纱幔,出人意料,使人不

---

[3] 张岱胞弟张峄,字平子。

金山夜

觉在戏中。黑暗之中,"手起剑落,霹雳一声,黑幔忽收,露出一月,其圆如规,四下以羊角染五色云气,中坐常仪,桂树吴刚,白兔捣药,轻纱幔之,内燃'赛月明'数株,光焰青黎,色如初曙"。在那个没有声光电的年代,能做出如此奇幻的舞美效果,不能不说张岱的舞台审美和设计风格是顶尖的。还有台上的舞灯,十几个人,每人手提一灯,忽隐忽现,怪幻百出,匪夷所思。唐明皇见了也必然会问,戏台上怎么会有这么多光怪陆离的东西?张岱的好友、戏剧家彭天锡对张岱说:"女戏演到了刘晖吉,何必男人!何必我彭天锡!"彭天锡,金坛人,在戏曲界也是大腕,很少看得起别人,独独心服刘晖吉,而且这种欣赏绝不是敷衍的。

张岱对彭天锡崇拜有加,曾说彭天锡串戏天下无比,而且每出戏都有来龙去脉,没有一个字是自己编造的。他曾经有一出戏,被人请去家中演出,耗费数十金,家产十万缘手而尽。可见粉丝对他的痴迷。彭天锡春天一般都会在西湖停留,曾经去过五次绍兴,在张岱家演出就不下五六十场,而其技艺还未尽数

湖山

表现。他主要扮演丑角和净角,凡是千古奸雄佞臣,经他一演绎,心肝愈狠,面目愈刁,口角愈恶,设身处地,恐怕纣之恶不如是之甚也。张岱不愧是文字大家,其描述使彭天锡的演技更加令人难忘:"皱眉视眼,实实腹中有剑,笑里有刀,鬼气杀机,阴森可畏。盖天锡一肚皮书史,一肚皮山川,一肚皮机械,一肚皮磊砢不平之气,无地发泄,特于是发泄之耳。"

说到彭天锡的演技,想起当代一些老艺术家饰演反面人物时,由内到外的真实表演,使观众恨不得咬其肉、饮其血,足以证明其演技之高明。据说当年延安上演歌剧《白毛女》时,在座的观众中有战士,子弹上膛,瞄准陈强扮演的黄世仁,差点儿酿成大事。

张岱说自己如果喜欢一部戏,恨不能用锦绫包裹,传承不朽。他把好戏比作天上的一轮明月和恰到火候的一杯好茶,只可以供一时享用,而珍惜不尽。正如他的好朋友桓子野见到好山水,大呼"奈何!奈何!"难以用言语来表达而无可奈何。

前面说到张岱家班中的女戏朱楚生,她的做功和念白有独到之处。四明的姚益城先生精通音律,曾

金山夜

经与朱楚生等人讨论讲评戏曲的关键之处,精妙到戏曲的情理之中。比如《江天暮雪》《霄光剑》《画中人》等戏,虽然昆山老教师细细琢磨,也对朱楚生的表演无可挑剔。戏班子的演员之中,足以陪衬朱楚生的才可以留下来,因此她所在的戏班子愈加精妙。朱楚生长得并不是太漂亮,但即使是绝代佳人,也没有她的风韵,"楚楚谡谡,其孤意在眉,其深情在睫,其解意在烟视媚行"。朱楚生以戏为生命,全力为之,如果曲词和说白有误,稍为修订,即使经过数月,其错误之处也必定修改得如说话一般晓畅自然。朱楚生渴望爱情,一往情深,却一直没有遇到一位肯为其付出真感情的人。有一天,在定香桥,阳光明媚,树木荫浓,朱楚生低头不语,泪如雨下。张岱询问她为何伤心,朱楚生以言语来掩饰。因终日忧心,朱楚生最终为情而死。

从中不难看出,张岱对伶人们的关心,向来发自内心。他并不认为她们低人一等,这也是张岱与上辈人的不同之处。

湖山

五

张岱的叔叔为了演一场武戏,搭了一个大戏台,又从徽州旌阳戏班子里选剽悍精干、能相扑跌打的三四十名演员,连演三天三夜的目连戏。四围设一百多女座,戏子在台上献技,"如度索舞絙、翻桌翻梯、筋斗蜻蜓、蹬坛蹬臼、跳索跳圈、窜火窜剑之类,大非情理。凡天神地祇、牛头马面、鬼母丧门、夜叉罗刹、锯磨鼎镬、刀山寒冰、剑树森罗、铁城血澥,一似吴道子《地狱变相》,为之费纸札者万钱。人心揣揣,灯下面皆鬼色"。这算是当时的恐怖片了,也可以当杂技、马戏来看。当时上演的剧目为《招五方恶鬼》《刘氏逃棚》等,有万余人观看呐喊。当地的熊太守以为是海寇来袭,大吃一惊,急忙命差役侦查。张岱的叔叔赶紧去报告,太守这才安心。戏台建成,其叔自书两副对联。其一曰:"果证幽明,看善善恶恶,随形答响,到底来那个能逃;道通昼夜,任生生死死,换姓移名,下场去此人还在。"其二曰:

金山道

"装神扮鬼，愚蠢的心下惊慌，怕当真也是如此；成佛作祖，聪明人眼底忽略，临了时还待怎生？"张岱感慨道，真是以戏说法。

说起戏台，使我想起五十多年前，二十世纪六十年代末。"文革"时期，学校停课，家里把我送回老家介休乡下，免得在城里惹事。村南头有个大场子，平时也晒粮食什么的。在场子的北面，坐北朝南，有一座戏台。据村里的老人说，至少是元代的古戏台。戏台有一人多高，后面左右两侧有上场门和下场门。上有灰瓦屋顶，飞檐斗拱，木刻砖雕。东西两面墙壁有斑驳壁画，好像是演戏场面，属于"四旧"，被油漆大标语覆盖了。台子上是砖石墁地，地面上有凹面，有点像少林寺里练功的地面，是多年演戏形成的。那些年时兴样板戏，一次县城里的晋剧团来村里演《红灯记》，人们早早出来，拿一个小板凳抢占有利位置。因为很少有娱乐活动，县剧团来演戏就是天大的事情。我们一群孩子，踩在砖头上，趴在戏台的前沿，头略高于戏台，算是距离演员最近的地方。我那时是十二三岁，懵懂中觉得

湖山

扮演李铁梅的演员漂亮得不得了。于是我牢牢记住了那个女演员的样子，以至于很多年后依然记忆犹新。前几年我去村外的公墓扫墓，偶然路过那个场子，场子里已经盖满了房子，戏台也被拆了。不知道当初的村干部为什么要拆戏台，村里并不缺那一块地啊！

还是回到张岱的戏曲故事中吧。在南曲的演出中，有艺伎串戏算是韵事。张岱在《过剑门》一文中说，杨元、杨能、顾眉生、李十、董白以演戏出名。一次，姚简叔邀张岱看戏。姚简叔，名允在，也是会稽人。画工了得，山水画学荆、关，笔墨遒劲，思致不凡。有伶人傒僮下午唱剧目《西楼》，到了晚上则自串剧目。傒僮是兴化大班的伶人，张岱班子里的旧伶人马小卿、陆子云也在，特意加唱了七出戏，到了更定时分，曲中流露出几分诧异。杨元在后台问马小卿："今天的戏气韵大不相同，为什么？"马小卿说："台下上座是我当年的主人，精于鉴赏，当年又请老师教我们演戏，指点过很多人演戏。傒僮到主人家称为'过剑门'，怎么敢随便！"

金山值

自此，杨元开始注意张岱看戏时的表情。《西楼》还没有演完，串《教子》，顾眉生扮周羽，杨元扮周娘子，杨能扮周瑞隆。杨元胆怯不敢演，以至于浑身发抖，唱不出声，其他演员面面相觑。他心里想讨好张岱，又不知该怎么演，持续的时间很长。张岱一看如此，便喝起彩来，杨元这才放开胆量，把戏顺利地演了下去。后来，杨元每逢有戏便求张岱做导师，张岱没到，虽到深夜也不开场。杨元因张岱的声望而身价倍增。

魏忠贤倒台后，喜欢写戏的文人立刻创作出十几本戏文，但多数与事实相差甚远。张岱进行了编撰，仍然取名为《冰山》。此剧在城隍庙戏台演出，看戏的人有好几万，不仅挤满了戏台周围，甚至挤到了大门外面。戏台上，有一人上台自称："某杨涟。"台下众人小声传话："杨涟！杨涟！"喊声如浪，人如潮涌。看到魏忠贤杖打万元白、逼死裕妃的情节时，众人怒气忿涌。万元白，名燝，字闇夫，新建人，万历丙辰的进士，官工部屯田司郎中。甲子六月为魏忠贤矫诏廷杖，七天后死在狱中。等到颜佩

湖山

韦击杀锦衣卫校尉,众人呜呼跳跃,汹涌声似乎要将房屋震塌。沈青霞扎草人攒射奸臣严嵩,以此作为谈资,这也不是过分的事情。张岱的这出新戏《冰山》获得了很大的社会影响。

到了秋天,张岱带着戏班子到了兖州,为父亲大人张耀芳做寿。一天,张耀芳宴请兖州守道刘半舫。刘半舫,名荣嗣,字敬仲,号简斋,曲周人,万历丙辰进士。当时,刘半舫正在兖州做守道。刘半舫说:"这部戏已经十得八九,可惜不如内操、菊宴,以及逼灵犀与囊收数事耳。"张岱听说后,等到夜间宴席散去,亲自填词,命小傒强记唱词。第二天,到了守道署演出,已增加到七出戏,正如刘半舫所言。刘半舫大吃一惊,得知是张岱所编,告知张岱的父亲,要与张岱做朋友。

六

张岱酷爱戏曲，能编、能演、会教、会练，加之家族也有这个实力，所以对当地戏曲的传承、创新与发展，做出了卓越的贡献。在戏曲的发展中，经济实力是很重要的。我是山西人，对晋剧的发展有一些了解。晋剧由南向北，逐渐繁荣，晋商的作用不可小觑。秦腔跨过黄河，结合当地眉户及秧歌等地方小戏形成了蒲剧，也就是南路梆子。当时晋南地区经济发达，明代时期，临汾一带也有很多富商。晋中是晋商集中所在，晋中的秧歌地方小戏种类较多，于是蒲剧结合了当地的秧歌曲调，形成了中路梆子，即晋剧的前身。那时的晋商分店遍布全国，河北、内蒙古通向俄罗斯的沿途尤为集中，晋商带中路梆子戏班子慰问分店，款待客户，影响很大。今日河北北部、内蒙古大部分地方的戏曲爱好者都喜欢听晋剧，当地也有晋剧戏班子。可见，经济的发展促进了文化的繁荣，诸如苏州、扬州、绍兴等地方戏曲

湖山

的发展，也是如此。

如张岱家族这般家境优渥的人家，蓄养声伎，并为其创作剧曲，却并不以此来谋生，所以他们的作品多以朋友间自娱，凭其所好，随心所欲，不需要迎合市场，迎合民众。我想起"京城四少"之一的张伯驹，他与张岱在某些方面极为相似。曾经家财万贯，玩到极致，喜收藏，将李白的《阳台帖》捐给了国家；喜美色，赎出了名妓潘素；喜书画，善于写字绘画；喜演戏，能串角粉墨登场，戏工堪比马连良、谭富英。后虽人生跌宕起伏，却也坦然面对，乐观豁达。不能不说，张伯驹有晚明文人的遗风。

然而，张家戏班子能在当地首屈一指，不是仅凭有钱就可以的，还因为张岱真的懂戏。正如明史专家吴晗所说："士大夫不但蓄优自娱，谱制剧曲，并能自己度曲，压倒伶人。"当时有很多家境并不好的士人，迫于生计，创作剧目，卖给戏班子，收取润笔费以养家糊口。加之各省普遍刻书印刷，如同今天的网络传播，为戏曲的发展也发挥了相应的作用。

张岱曾祖一辈的好友，山阴徐渭，一代天才，其

金山夜

绘画、书法、诗文，名声在外。他也是南杂剧的代表作家，虽然剧曲不多，但《四声猿》四剧就奠定了他在戏剧史上的地位。他写的剧本，常常以自己入戏，把自己的经历写进剧情，以其幽默喜剧的风格，调侃、讽刺、揶揄，将心中不平之事宣泄而出，借古讽今。这些正好迎合了民众的需求，因而广受欢迎。

张岱的好友，山阴的祁家兄弟，祁世培、祁止祥都是官宦出身。张岱说祁止祥有"梨园癖"，他曾经创作了传奇剧目《眉头眼角》《玉尘记》等。他的兄长祁世培也有传奇剧目《全节记》，虽然此剧失传，但是他所作的《远山堂曲品剧品》还存世，收录杂剧二百四十二种，剧目四百六十七种，是当时戏曲理论著作的集大成者。明亡后，祁家兄弟下场悲惨。祁世培拒绝与清贝勒合作，跳进寓山自家的水池自尽。祁止祥也不愿出仕，靠卖书画和卖剧本为生，张岱曾经为其八十高寿写祝寿文以贺，在下一篇里另有描述。

明代晚期中国戏曲的发展，与其时代背景和经济条件有着一定的关系。朝廷的无能，政治的黑暗，奸臣的肆虐，暂时的安定，使名人仕宦们看破红尘，脱离政治，走向园林书斋。他们没有了宣泄的舞台，便跻身于剧曲创作，既发挥了自己的才华，也抨击了时弊，以戏讽喻当下，不言朝代，不提真名，只是以事说事，嬉笑怒骂。正因为这些文人才子的参与，使得明代戏曲在元杂剧的基础上更进了一步。张岱等人，凭丰厚的经济实力，过人的文学才华，宽松的创作环境，正好赶上了这个时代。然而风云一番巨变，人间几分新凉，说到底，于张岱而言，前半生的台上风华，终不过是，锦衣夜行的金山夜里，那一场灯火阑珊的旧梦。

张子曰云谷居心高旷凡炎凉势利举不足以入其胷次故生平不晓文墨而有诗意不解丹青而有画意不出市廛而有山林意至其结交良友直是性生非由矫强

张岱之鲁云谷传节录老樵书

第六章 兰亭友

蘭亭友

湖山

一

我是极不善交友的，故身边朋友不多，一生不过三五知己、三五书伴、三五茶友，自觉足以。我素来交友有"洁癖"，此生实在达不到东坡先生"下可以陪田院乞儿，上可以陪玉皇大帝"的境界。如闲谈中，遇狂妄吹牛是一种；生活中，遇索然寡味是一种；共事中，遇伪诈巧智是一种；交往中，遇毫无诚信是一种，尽不可与之交。东坡先生胸中可容南海，甚至对昔日曾经加害他的人都可包容不咎，真乃仙人也。难怪张岱一生只崇拜陶渊明和苏东坡。

张岱曾经说："人无癖不可与交，以其无深情也；人无疵不可与交，以其无真气也。"足见张岱交友，有自己的原则和立场，他的周围既有名人雅士，也有市井俗民。有钱的朋友，有花钱的玩法；没钱的朋友，他并不轻视，照样有不花钱的玩法。

张岱知己众多，皆是不同领域的佼佼者。他曾在给周戬伯的祭文中写道："谓天下有一知己，亦足

兰亭文

无恨。余独邀天之幸，凡生平所遇，常多知己。余好举业，则有黄贞父、陆景邺二先生，马巽青、赵驯虎为时艺知己；余好古作，则有王谑庵年祖、倪鸿宝、陈木叔为古文知己；余好游览，则有刘同人、祁世培为山水知己；余好诗词，则有王予庵、王白岳、张毅孺为诗学知己；余好书画，则有陈章侯、姚简叔为字画知己；余好填词，则有袁箨庵、祁止祥为曲学知己；余好作史，则有黄石斋、李研斋为史学知己；余好参禅，则有祁文载、具和尚为禅学知己。"我们自然不能将张岱的知己一一展开来作介绍，但可以选其中几位有趣的朋友，以其交往二三事，来看张岱交友的态度和逸趣。

首先还是接着祭文来说，周戬伯，即周懋谷，山阴人，"周氏三凤"之一，是张岱的结发知己。张岱于十七岁时认识年长九岁的他，两人一见如故，开始了此后六十多年的交往，可谓"婆娑二老，形影

湖山

相怜"。张岱对周戬伯的才华佩服不已,他说周戬伯"无艺不精,无事不妙",无论是制义[①]、古文、匿迹[②]、戏剧,还是编史、诗词、书法、禅理,都是一流的。所以,"得吾戬伯一人,则数十人之精华,皆备于一人之身。而虞翻交籍,不求多人,思得天下一人为知己,亦足无恨,殆无戬伯一人之谓也"。看来张岱虽然朋友众多,但是真正的知己,非周戬伯莫属。

张岱称周戬伯为"一字之师",因为周戬伯曾应他邀请,为其史学著作《石匮书》作校雠。张岱在答谢诗中曰:"多子能删定,千金一字酬""增一字如点龙睛,删一字如除棘刺"。在《谢周戬伯删定石匮书》一诗中,张岱还说道:"在昔人言一字师,多君笔削更兼之。删繁就简非容易,班马异同只在斯。"

如张岱所言,周戬伯在山阴德高望重,看似弱不禁风,寡言少语,但遇是非之事,非常认真,不

[①] 制定尊卑之义,即八股文。
[②] 隐藏起来,不露形迹。

兰亭文

肯掺假。张岱从小就与周戬伯是笔墨之交,二十年来研习诗文词赋,如今又一起修订明史,得其全力支持,深觉他应是太史公分身。《石匮书》始撰于崇祯元年(1628),于顺治十一年(1654)完稿,是年张岱五十八岁。全书耗时二十七年,五易其稿,九正其讹,负责校雠的周戬伯可谓功不可没。

周戬伯七十九岁时,张岱写诗为其祝寿,诗曰:"七十年来结发友,屈指吾侪不多有"。"杖履追随五十年,转眼之间成白首。喜君健饭似廉颇,矍铄精神尚抖擞"。张岱说,人们常言八十如四十,周戬伯今年七十九,如此算来只有三十九岁。这首祝寿诗基本是大白话,但是它不仅直抒胸臆地赞美了周戬伯的健康体魄,表达了张岱对他的尊敬之心,更畅叙了两人至深的友谊。

张岱曾作《周戬伯像赞》曰:"有东坡之文章,而世不之忌;有步兵之放达,而众不之异;有文山之声伎,而人不之议。盖人皆着其迹也,而先生只嗅其气。故余谓先生,下可以陪田院乞儿,上可以陪玉皇大帝。"这是借东坡之语赞誉周戬伯,而且将周

湖山

戬伯的文章与东坡的相媲美,评价如此之高,真是知己眼里出东坡。

康熙十四年(1675),一生至交周戬伯去世,享年八十八岁,米寿之年。七十九岁的张岱为其作了那篇《祭周戬伯文》,只一句"谓天下有一知己,亦足无恨",足以流传千古。

二

张岱曾评价自己的一位好友,说他有"五癖"——书画癖,蹴鞠癖,鼓钹癖,鬼戏癖,梨园癖。这位癖好颇多的朋友是祁止祥,名豸佳,号雪瓢,山阴人,天启丁卯举人,官至吏部司务。

壬午年(1642),张岱来到南京。祁止祥让他看自己养的一只名为阿宝的鸟。张岱一看便说,这是西方迦陵鸟,从哪里弄来的?迦陵鸟产于印度,是佛

兰亭叟

界传说中的一种神鸟,形象多为人头鸟身,敦煌壁画中常见这样的形象。祁止祥的这只鸟,"妖冶如蕊女,而娇痴无赖,故作涩勒,不肯着人"。祁止祥精通音律,他咬钉嚼铁,一字百磨,口口亲授,阿宝皆能曲通主意。乙酉年(1645),南京失守,祁止祥在回家的路上遇到土匪,刀剑加颈,性命可倾,幸亏有阿宝解救。丙戌年(1646),祁止祥在台州任监军,乱民掳掠,祁止祥的随身之物全被盗尽,阿宝则沿途唱曲,换来餐食以养主人。

祁止祥八十岁的时候,张岱专门写下一首七言古诗《寿祁止祥八十》。诗中说,历来善画的人长寿,如明代书画家文徵明,活了八十九岁;元代画家黄公望,活了八十五岁。为什么呢?因为"笔端自有内烟云,供养谪仙寿冈阜",所谓烟云供养,卧游山水,自然长寿。接着,张岱列举了唐伯虎、苏东坡等人的多个典故,说明祁止祥才华很高,技艺很多,只是不徒扬名。对于和他做朋友的感受,全在诗里了:"君还住世五百年,菊水杞根大如狗。桃花作饭莲合丹,柯园福地痴龙守。犹有东方老岁星,碧眼于思

湖山

为君友。"

前文说过,祁止祥的兄弟祁世培,也是张岱的好友。崇祯元年(1628),张岱的《古今义烈传》完成,崇祯四年(1631)夏天,祁世培在西湖偶居时,为《古今义烈传》作序,这大概是两人最初的接触。

崇祯八年(1635)九月,张岱和堂弟燕客会晤祁世培,并向他出示了《岱志》。张岱科考屡试不中,心灰意冷,祁世培却对他的学识和才华非常钦佩。这年十一月,祁世培给好友李清写信,为张岱的科场遭遇辩解,但此事一直没有结果。从此张岱彻底绝望,弃绝科考,祁世培和他的友谊却并未就此终止,反而一直延续下去。

祁世培时常前往张宅观戏。崇祯九年(1636)正月,张岱带祁世培到砎园观《水浒记》。二月,与堂弟燕客、祁世培游快园,这一年两人活动相当频繁。当年六月,绍兴发生瘟疫,祁世培兄弟二人捐设药局,治疗近万人。张岱作《丙子岁大疫祁世培施药救济记》,详细记录了此事。为了感谢祁世培的壮举,张岱请陈洪绶书写匾额送到祁家的寓园,并指点园林修

兰亭文

筑，使山林增色。张岱传世的词不多，流传下来的大多描写祁家寓园的景观，其中有一首《蝶恋花·远阁新晴》曰："山水精神莺燕喜，好似乾坤，又做乾坤起。柳濯疏眉松刺齿，如人新浴弹冠始。　　涩日遮藏羞欲死，一抹轻烟，横截青山趾。如画秋江多仗纸，远峰一角余皆水。"此情此景，如在南宋马远的山水画中徜徉。

张岱还记得崇祯十五年（1642）十一月，在叔叔葆生清江的住所，偶遇准备赴任河南道的祁世培。他们一起返回淮安，在茶肆中饮茶，张岱以《金汤十二策》展示给祁世培，这些回忆历历在目。

顺治二年（1645）闰八月，清兵攻陷杭州，祁世培自沉于寓园的水池中，殉节前作绝命词。张岱悲痛之中，作和祁世培绝命词一首，词曰："臣志欲补天，到手石自碎。麦秀在故宫，见之裂五内。岂无松柏心，岁寒奄忽至。烈女与忠臣，事一不事二。"对于祁世培的壮烈之举，张岱既悲痛又惋惜。他能理解祁世培的行为，因为他曾经也有过如此念头，只因所著明史尚未完成，家中数十口人还要倚靠他生活，

湖山

他只能委身活着。

祁世培与画家倪元璐也是好朋友，常常约着一起到张岱家聚会，并且还与王士美、周墨农、张毅孺等结诗社，大家一起观戏、弹琴、论诗，其乐无穷。那一年三月，李自成攻陷北京，倪元璐自缢而亡，一代书画大家烟消云散，但他有大量书画作品流传于世。我非常喜欢倪元璐的书法，其行书最有魏晋风度。我曾经搜尽倪氏书法字帖，临其笔法，揣其意境，但最终不得其法，未能坚持下来。

三

张岱的茶友中，除了忘年之交的茶神闵汶水，还有胡季望、鲁云谷等。鲁云谷的确是个有趣的怪人，否则，张岱不会与其交往。关于闵汶水和鲁云谷，《山阴茶》中已有不少笔墨，此处是从张岱好友的视

蘭亭文

角来叙述。

鲁云谷在绍兴开一家药肆，前店后家，看病兼卖药。药肆的布置前文曾经详细说过。鲁云谷对茶很有研究，汲禊泉，煮雪芽，每件事情都办得很精致。茶友纷纷慕名而来，应接不暇，家里人觉得很烦，他却乐此不疲。鲁云谷的专长是治疗痘症，"医不经师，方不袭古"，常常使病人起死回生。人们怀疑鲁云谷有邪术，所以患痘症者要到非常危险、别的医生都束手无策时，方来找鲁云谷。张岱还为鲁云谷作医痘诗，诗曰："用药如用兵，巢穴恣攻讨。刻日落瘢痂，皮毛净于澡。"足见其医术之奇。

鲁云谷这个人有洁癖，堪与历史上的倪云林、米芾一比。"恨烟，恨酒，恨人撷花，尤恨人唾洟秽地。"他听到有人咳痰的声音，定要找到痰在哪里，恨不能似倪云林将梧桐砍掉。不了解他的人，很难与他久交。鲁云谷多才多艺，羌笛胡琴，凤笙斑管，无不精妙，而且特别喜欢用洞箫给别人唱曲伴奏。鲁云谷的密友，唯有陆癯庵、金尔和、张岱三人，除非大风雨天，除非不得已事，张岱一定会到鲁家"啜

湖山

茗焚香，剧谈谑笑，十三年于此"。

有一次，有客人来访鲁云谷，他命仆人取出所藏雪水煮茶，妻子非常不满，鲁云谷大怒，十几天不和她讲话。他对张岱的弟弟说："某以朋友为性命，乃欲绝我朋友。"就这一句话，足见鲁云谷侠骨义胆。如果是不读书、不懂文墨的人，怎么能说出这样的话？

康熙二年（1663）六月，鲁云谷家的鱼魫兰盛开，鲁云谷邀请张岱等好友前来赏花品茶。张岱作诗感谢他的款待，诗曰："子昂画马身作马，云谷种花身作花。见花色笑通花语，冷暖燥湿无纤差。"元代赵孟頫画马乃一绝，我曾经在故宫赵孟頫特展中看过他的《浴马图》，十几匹马神态各异，不是与马化为一体，断画不出这样的马。张岱认为鲁云谷养花也是如此，将花作为自己的化身来培育，甚至可以与花对话，关照亦无微不至。这种兰花在福建就很昂贵，来到山阴本不易成活，但是鲁云谷精心培养，生长茂盛，小小一盆竟开了十九朵，且极美艳，"美人淡借新桐色，西子轻蒙縠雾纱"。来赏花的朋友看

蘭亭文

到后,狂呼从没见过如此美的兰花。从张岱的笔下,我们能一窥鲁云谷的品位,若不是极为考究,何以培育出如此名贵的鱼鱿兰?花如美人款款走来,香如倩风阵阵袭人,客人们赏花品茶,度过一场美好的雅集。不只是张岱,去的人恐怕都会忍不住留下诗来,感谢这一整天的美好时光。

康熙九年(1670)三月,鲁云谷与陆癯庵在谢纬止家饮酒,散后回家,还畚土移花,晚上又和范成之剪烛谈心,二更时才睡觉。第二天家人久喊不醒,推门一看,鲁云谷已经离世了。张岱当时也是七十四岁的人了,但还是"痴痞植立,惝恍久之"。张岱说,生死大事,迅速若此,真如梦幻,于是为鲁云谷作传以纪念好友。张岱说:"云谷居心高旷,凡炎凉势利,举不足以入其胸次。故生平不晓文墨而有诗意,不解丹青而有画意,不出市廛而有山林意。至其结交良友,直是性生,非由矫强。"而这正是张岱一生的交友之道。

湖山

四

陈洪绶是张岱叔叔张联芳的女婿，也是他为数不多的书画界好友。我非常喜欢陈洪绶的画，年轻时多有临摹。陈洪绶，字章侯，号老莲，晚号老迟、悔迟，绍兴府诸暨县枫桥陈家村人，明代著名书画家、诗人，擅长人物画，格调高古，超拔磊落，堪称一代宗师。

张岱给陈洪绶写信说，早起，看到家中筒笥中还有你没有画完的一百多幅画。即使一天画一幅，也要一百多天，何况其中笔墨精工，有的几十天也画不完，计算岁月，屈指难尽，我看见只有叹息而已。昔日文与可画竹，看到很多人持缣素来请他画，生气地把这些缣素扔在地上骂道："吾将以为袜！"缣素纯白，还可以作为袜子的材料，可你把这些绢涂抹得乱七八糟！一幅"鹅溪图"，又不能为女人做裤子，我的小妾也不爱收藏，除了付给耘老子，实在是别无他用，老兄将用什么办法来解决？

蘭亭亥

从这充满抱怨和讥讽的语气中不难看出，陈洪绶欠张岱的画着实已经不少了。两人关系如此亲近，所以张岱选择了直言不讳。尽管如此，张岱对他的评价还是很高的，诸如"才足揿天，笔能泣鬼。昌谷道上，婢囊呕血之诗；兰渚寺中，僧秘开花之字。兼之力开画苑，遂能目无古人"。

陈洪绶画水浒人物牌四十人，使宋江等梁山兄弟显露汉官仪表。张岱为其作序，或许是觉得对陈洪绶水浒牌的钦佩之意不能表达得淋漓尽致，他又写了"水浒牌四十八人赞"。他写宋江"忠义满胸，机械满胸"，他写武松"人顶骨，一百八，天罡地煞"，他写鲁智深"和尚斗气，皆其高弟"，他写李逵"面如铁，性如火，打东京，只两斧"，不吝溢美之词。

陈洪绶对张岱也不客气，他曾收了一只竹臂阁，非常喜欢，于是在上面画了松化石，专门请张岱题铭。张岱题曰："松化石，竹飞白。阁以作书，银钩铁勒。谁为之？章侯笔。"书画相宜，不知今在何处。

崇祯十二（1639）八月十三日，张岱陪南华老人在西湖饮酒，月升之前，早早拟归。陈洪绶怅怅地

湖山

对张岱说,如此好的月亮,为何要回去躺到被子里?张岱本来是好玩之人,于是便让随同的仆人带家酿的一斗好酒,再叫一艘小艇,划到断桥处。陈洪绶独饮,不知不觉已是大醉了。船过玉莲亭,丁叔高呼船往北岸去,送上蜜橘,大吃一番。陈洪绶醉卧船上,仰天长啸。只见岸上有一女郎,命童子和张岱打招呼:"相公的船可否送我家小姐到一桥?"张岱应允,女郎欣然下船,只见女子"轻纨淡弱,婉嫕可人"。陈洪绶酒后挑逗说,女郎侠气如张一妹,能否同虬髯客饮酒?女郎欣然答应,并举杯畅饮。船到一桥,此时已是二更,女郎将家酿一饮而尽,起身离开。问她的住处,笑而不答,陈洪绶在后面悄悄跟着,只见女郎过了岳王坟就悄然不见,故不敢追了。陈洪绶当时已是四十二岁的人了,依然是一个风流调皮的人物。

张岱与陈洪绶常常结伴出游,遇到好事也不忘与他共享。弘光元年(1645),鲁王朱以海迁到绍兴,驾临张岱家中,张岱安排接驾。当日演《卖油郎》传奇,其中有泥马渡康王南渡中兴的情节,与时事巧

蘭亭文

合，鲁王看了很是高兴。二更天，鲁王转临不二斋、梅花书屋，与张岱、陈洪绶谈戏论曲。再设席，鲁王命加二座，让张岱和陈洪绶陪宴，谈笑间如平常人交往。鲁王海量，已经进酒半斗，又用大犀角杯一饮而尽。陈洪绶不胜酒力，在御座旁呕吐不止。这时，鲁王命人拿来一张小几，让陈洪绶画扇子，陈洪绶醉到提不起笔，于是罢了。

陈洪绶为张岱的剧本《乔坐衙》题词曰："吾友宗子才大气刚，志远学博，不肯颊首牖下，天下有事，亦不得闲置。吾宗子不肯颊首，而今颊首之；不得闲置，而今闲置之。"陈洪绶接着说："即使宗子少年当事，未免学为气用，好事喜功。今日之阻，当进取圣贤，弗以才士能人自画，损下其志气，复温经书，深究时政，三年间可上书天子，吾不为宗子忧也。然吾窃观明天子在上，使宗子其人得闲而为声歌，得闲而为讥刺当局之语，新辞逸响，和媚心肠者，众人方连手而赞之美之，则为天下忧也。"陈洪绶被张岱的才华所折服，觉得张岱应该有更大的作为，这样的人才不用，让他闲得或歌舞升平，或讥讽朝廷，很多

湖山

人赞颂张岱的美文，陈洪绶不为张岱担忧，反而为朝廷担忧。

顺治九年（1652），陈洪绶去世，享年五十四岁，在当年的书画家中，不算长寿。同一年，另一位书法大家王铎也离世，享年六十岁。张岱想起崇祯十七年（1644），这一年发生了很多事。春天，与堂弟燕客，为二叔张联芳奔丧到淮上。回程时遇到了王铎，两人乘一条船去杭州，一路上谈书论画，兴致很高。谁料想八年之后，就阴阳两隔了。

五

范与兰是张岱的琴友，颇有品位。虽说琴艺荒废，痴迷种花，但是高手中的高手。《陶庵梦忆》中收录《范与兰》一则，时年范与兰七十三岁，喜欢弹琴，更喜欢种兰及盆池小景。他养着三十多缸建兰，

兰亭文

如簸箕一般大。每到夏天,早上抬进来,晚上抬出去;每到冬天,早上抬出去,晚上抬进来。一年到头,非常辛苦,还不曾减少农事。等到花开的时候,屋子里外都是香气,客人来赏花,坐一个时辰,衣裳也会染上花香,三五天都不会散去。

每到开花时,张岱就来范与兰家赏花,"坐卧不去,香气酷烈,逆鼻不敢嗅,第开口吞欲之,如流瀣焉。"等到花谢了,粪满簸箕,张岱不忍丢弃,于是和范与兰商量:"有面可煎,有蜜可浸,有火可焙,奈何不食之也?"范与兰也觉得有道理。

范与兰少年的时候跟随当地名家王明泉学琴,能弹《汉宫秋》《山居吟》《水龙吟》三支曲。后来见到王本吾弹琴,大为称赞。于是,丢弃原来所学,而跟王本吾学琴,半年后,可以弹《石上流泉》一曲,生涩棘手。王本吾一离开就忘,原先所学也丢弃了,再也不能记起,所以到最后,一首曲子都不会了,每天抚琴,只是和弦而已。

但是,这位范与兰制作的小盆景却是一绝,有一盆豆板黄杨,枝干苍古奇妙,盆石俱佳。朱樵峰想

湖山

用二十两银子买去，范与兰不肯。他非常珍爱，称之为"小妾"。"小妾"被张岱强行借去，在书斋里摆了三个月，其中一枝枝干渐枯，张岱非常懊惜，急忙还给范与兰。范与兰惊慌失措，赶紧煮参汤浇灌，日夜陪伴，一个月后枯枝竟然复活。后人评论说，范与兰应当是香祖庵主，坐卧不离，真所谓"老鹤多眠兰蕙中"也。

六

张岱文字记载过的女性朋友，似乎只有一位，那就是秦淮河名妓王月生。王月生，名月，号微波。以张岱的性格和爱好，红颜知己应该不止一人，他对王月生却是情有独钟。

张岱一生去南京数次，能认识并且引为知己者，俱是缘分。张岱并不觉得王月生是妓女而轻视她，

兰亭女

反倒非常尊重和推崇她。南京的忘年茶友闵老子处，常常有茶会，会邀请一些当地的名流雅士、歌妓名媛。就是一次这样的场合，张岱认识了王月生。说起来，王月生是跟着闵老子修习茶艺的学生，给老师捧场也是人之常情。但是王月生的性格很内向，在一群歌妓中，她毫不张扬，躲在角落里静静地待着。张岱正是在众多美人中发现了王月生。

张岱的风流倜傥、挥金如土都不是王月生想要的，因为这种人在南京并不少见。但是来自绍兴的张岱才华横溢，着实打动了王月生。张岱对茶道、诗词、歌赋、戏曲的研究，为王月生所仰慕。所以，每次张岱来南京，王月生都会陪同，比如两人曾经同游燕子矶，留下传世名篇。

当地的大佬权贵，想要与王月生吃饭唱曲，需要提前一天送书帕，不是十金也得五金，不敢唐突。如果要过夜，非一两个月前下聘，则等上一年也约不到。张岱大概在王月生身上也花了不少钱，但在诗文中，张岱从不谈他与王月生相约的细节，不流露半分肉麻酸涩，只以淡雅工笔，描绘出王月生清绝的气

湖山

质和过人的才情。

张岱与王月生情投意合，不仅留下了散文，还留下了不少诗篇，《山阴茶》一章中有过不少解读，此处不再赘述。张岱有一首专门写美人眉的诗《眉细恨分明》，诗曰："佳人多不语，孤意在疏眉。一痕澹秋水，春风不能吹。深情几百折，屈曲与高低。所矜在一细，层折俱见之。"我猜测，这首诗是写王月生的，尽管题目没有说明，但没有细微的观察，不可能有如此生动的描述。张岱曾说过，王月生少语，那么美人心思，深情百折，屈曲高低，就俱在眉眼了。但是不知为何，有一妻二妾的张岱，最终没有赎出王月生，以他的实力应该是可以的，也许是家族的缘故，也许是突然的战乱。

俗话说，红颜薄命，王月生的结局很不好，最后随了安徽商人蔡如蘅。张献忠攻陷庐州，王月生在兵乱中跳井而逝，香消玉殒。

兰亭文

七

张岱还有一位文友王雨谦，号白岳山人，也是山阴人氏，著有《白岳山人诗文》等集，兼爱书画，"云门十子"之一。两人相交二十多年，张岱对他的文学才华颇为钦佩。张岱在《白岳道兄寄怀张子诗步韵答之二首》中提到："余交白岳二十载，文章意气时过从。多君鹿鹿风尘上，犹将措大置心胸。读君诗文见君胆，常山今不数子龙。"王雨谦与张岱的性格不一样，游走于天南海北，有侠士风度。他家藏一大刀，重百二十斤，闲暇之时舞一回。八十岁时，犹举重若轻，神色不变，皆称异人。张岱说："君评我诗在我案，与君相对开卷中。劝君不必浮江海，金垒山中有葛翁。"他劝王雨谦不必在江湖游走了，应该学葛翁隐居修炼才是对的。

张岱的另一首诗《怀王李二道兄》曰："商梅既归楚，白岳又投秦。大失吾所望，肯容谁作邻？"商梅与白岳都是张岱的好友，但是总不在身边，也容不

湖山

下别人做自己的邻居。他接着说,"割席原非友,分光才是邻",表明自己对交友持开放的心态。诗的结尾说:"应门那有仆?邀食竟无邻。"敲门后也没有前来开门的仆人,想邀请隔壁邻居吃饭喝酒,竟然无人可请。这首诗虽然是在奉劝两位朋友,交友要持开放的心态,但无疑解答了张岱四海皆友的原因。

王雨谦八十大寿时,张岱作诗以贺,诗曰:"紫阳溪水翰墨香,晚年得证长生诀。方晓还丹在典坟,白岳先生恣饕餮。先生持世八十年,自识之无至耄耋。日夜钻研故纸堆,笔冢书仓为窟穴。座前足迹砌皆穿,檐际微明捧卷接。含毫呵冻齿冰霜,挥汗钞书沐日月。"从中看得出,王雨谦虽然年届八十,却依然笔耕不辍,忘我钻研,无论寒暑,不分昼夜,也是位以文为己任的主儿。

王雨谦涉猎广泛,居然写了一部《虎史》。张岱为《虎史》作序,开篇就说:"凡古之作史者,以记人也。其所记之人,必成其为人者也。不然,则不成其为人者也,故不可以不记也。白岳山人之作《虎史》,以记虎也。其所记之虎,又皆不成其为虎

蘭亭文

者也。不成其为虎，又甚于其为虎者也，尤不可以不记也。"他称王雨谦为"虎之董狐"，因为春秋时期的董狐可以说是中国历史上第一位写史之人，而为虎写史者，王雨谦为第一人。

王雨谦也为张岱的著作作了很多序。在给张岱的诗集作序时，他说张岱有史学之才，然诗才更高，但他从不以诗出名。千年之后，张岱的史学著作兼诗文都会垂名。历十年艰苦，《石匮书》告成，这本书将与《史记》并存。说到张岱的为人，王雨谦曰："豁达有大节，则海内鲜不闻之。"在《琅嬛文集》的序中，王雨谦对张岱又作一番评价："陶庵其先蜀产也，其近则越产也，其人其文，几几各争有之。余则曰：'此非蜀之有，越之有，而天下之有也。张子天下才也。'"到底是越中文人，形容好友都是那么稳妥不惊。

张岱还有很多朋友，诸如陆癯庵、堂弟介子、琴友何紫翔、族弟张毅孺等等。夏咸淳说："张岱品鉴人物推重智慧与节义、抱负、经济、学问五个标的，理想人物的五种要素。"其实张岱交友也是有"洁癖"

湖山

的，相识后，意气相投，爱好相吸，一交就是一辈子，几十年来来往往，并不容易。从张岱的诗文、信札中，从未看到他与人争吵或断交，流露出的俱是对朋友的信任和忠诚。从他为老友写的寿文、祭文、碑文中，就能看得出，他对朋友的包容、用心，绝无敷衍，感人至深。

作为一个不善交友的人，年岁大了，交友越发稀少，一是懒得应酬，鲜少参加有陌生人的酒席；二是懒得联系，正应了清代厉鹗那句诗："相见亦无事，别后常思君。"反观张岱，交友既挑剔又随意，既广泛又有标准，所交诸友，个性万千，俱是各行各业的佼佼者，这才是最难得的。

画船萧鼓去之来之周折其间河房之外家有露台朱栏绮疏竹帘纱幔夏月浴罢露台雜坐两岸水楼中茉莉风起动儿女香甚女客团扇轻纨缓鬓倾髻软媚着人

张岱之秦淮河房节录老樵书

秦淮月

第七章 秦淮月

湖山

旅行对于我来说，是值得向往的事情。鉴于工作性质，从二十世纪九十年代初到退休，我走访了很多国家和地区，诸如北美、非洲、澳洲、西欧、北欧、中东欧、东南亚等等。毕竟是在工作，最多也就是路过看看，不算是浪漫旅行。在国内的旅行，始于退休前后，至今可以说跑了很多有意思的地方。我体会到了"读万卷书，行万里路"，行路有时能带来比读书更广的见识，特别是对于我这样喜欢诗文书画的人，充实的经历、丰富的眼界，能为自己增加学养，利于今后的美学研究和文化传播。

古人的行旅比今天要辛苦得多，说"行万里路"绝不夸张，的确是一步一步走出来的。但从他们留下的文字来看，似乎鲜有辛苦的描述，对山水美景，却用尽了汉语中最美的词汇。特别是晚明时期，文人雅士喜欢行旅于山水之间，留下了许多脍炙人口的山水小品美文，诸如李流芳、王思任、徐霞客、袁家三兄弟等等。其中我最喜欢袁宏道的《西湖》《孤山》《灵隐》《天目》，李流芳的《游虎丘小记》《游虎山桥小记》，王思任的《游敬亭山记》，张岱的

秦淮月

《西湖七月半》和《湖心亭小记》。

张岱的旅行路线并不长,主要是沿着大运河两岸的都市,诸如今日浙江的宁波、台州、杭州、嘉兴、湖州,江苏的苏州、无锡、常州、南京、镇江、扬州、淮安,以及上海松江、安徽芜湖,最远就是山东的兖州、泰安等地了。除了老家绍兴,他停留时间最长的是杭州。祖父张汝霖在西湖柳州亭一带建有寄园,所以他从小便跟随祖父在西湖边居住读书。王雨谦在《西湖梦寻》的序言中说:"张陶庵盘礴西湖四十余年,水尾山头,无处不到。湖中典故,真有世居西湖之人不能道者,而陶庵道之独悉。"说张岱"盘礴西湖四十余年"有些夸张,从张岱年谱中可以计算出,他一生中前往西湖的次数达十一次之多。即使随长辈一起游住西湖,也不会久居,但是西湖四周无处不到,这的确是少有的。即便祖祖辈辈在西湖边居住的人,对西湖景观及典故的了解,也未必如他般深入。

张岱钟爱旅游,经济宽裕,有条件把旅程安排得奢华浪漫,随心所欲。游历是他浪漫生活的重要

湖山

组成部分,他不但绝不走马观花,那个时代更不存在上车睡觉、下车拍照。张岱的旅游更像是画家写生,虽然并非用笔墨描绘山水,而是将山水的形与魂印在脑子里。或舟船,或客店,或车马,或行走,张岱游历其间,犹如过电影般,将看到的景、人、事再放一遍,用其生花笔意,删繁就简,寥寥数百字,一篇小品放入诗囊。

朱剑芒说:"凡是过惯浪漫生活的人,大多喜欢游历,绝不愿老是坐守在家里。"张岱游踪所至,不算广远,哪里比得上徐霞客?但是他没有分别心,爱访名山大川,也爱籍籍无名的小地方,按照今天的说法,是"深度旅游"。《陶庵梦忆》八卷计一百二十余则,与游历有关的篇目竟占三分之一,可说是他浪漫生活的核心。

当然,张岱并不是所有地方都爱去,更不会像徐霞客那样游历,他觉得太苦了。我曾经去过云南凤庆县的鲁史古镇。这里位于茶马古道上,也是徐霞客曾经来过的地方。数百年前,徐霞客是如何来到这里的,我没有专门研究,但以当时的自然环境和交

秦淮月

通状况而言，绝不是一件容易的事情。

张岱的旅游风格，不是去研究某一地域，而是寻找当地美好的人和事、开心的玩和乐、特别的俗和雅。在《陶庵梦忆》中，我们可以看到张岱所游历的区域，足迹仅跨江、浙、鲁、皖四省，但他所记录的，往往是别人没有注意或者忽略的角度和内容。

南京距离绍兴不算太远，除了杭州，南京也是他游历多次的城市。按年谱记载，至少去过三次，不过不包括其年幼时祖父在南京为官，前去探亲。他的祖父曾经和当地的文人结"读史社"，这一年，张岱十八岁，此时他是否去过南京，史无记载。有记载的是他二十三岁时，与钟惺、谭元春、茅元仪、潘之恒等聚集金陵，并游五龙潭。崇祯二年（1629），他三十三岁，五月是南京最好的季节，他前去造访，游秦淮河，观竞渡。崇祯十一年（1638），他四十二岁，于秋天到了南京，会闵汶水、曾波臣，并听柳敬亭说书。

这一次，他还写了游记《燕子矶》。文中说，燕子矶他曾经路过三次，而且都是在船上。当时只看

湖山

到燕子矶水势浩荡,船人到此地,必"捷捽抒取,钩挽铁缆,蚁附而上。篷窗中见石骨棱层,撑拒水际,不喜而怖,不识岸上有如许境界"。一天,他约当地朋友吕吉士陪同,出观音门,游燕子矶。来了方知,佛地仙都的美景,差点错身而过。他们先游关王殿,再沿着山路上山,亭中小憩。此处可以看到江水滔滔,江上的船如箭一般穿梭。再向南折返,走观音阁,度索而上。观音阁旁边有僧院,千寻峭壁,碚礌如铁;几棵高大的枫树,树荫遮盖着其他树,森森冷绿,如果有一间小楼在对面,简直可以面壁十年。不过今有僧寮佛阁,如果相背,其心不忍。这年,张岱离开南京回绍兴,闵老子和王月生把他送到燕子矶下,临行前在石壁之下煮茶品茗,恋恋不舍。

崇祯十三年(1640)八月,张岱与好友陈洪绶、祁世培一起去钱塘观潮,他在《白洋潮》一文中,详尽描述了这场旅行:"故事三江看潮,实无潮看,午后喧传曰:'今年暗涨潮。'岁岁如之。庚辰八月,吊朱恒岳少师,至白洋,陈章侯、祁世培同席,海塘上呼看潮,余遄往,章侯、世培踵至。"三人立于塘

秦淮月

上,只见潮头成一线,从海宁而来,直奔塘上。潮水稍近,隐隐露出白色水浪,如同千百群小鸟,展翅惊飞。渐渐潮头喷沫,犹如冰花蹴起,好似百万雪狮沿江而下,雷霆鞭挞,争先恐后。等潮水再近些,则如飓风逼近,势欲拍岸而上。观潮的人纷纷躲避。潮头到塘下,奋力一击,水溅起好几丈,人们满脸都湿了。然后潮头向右旋转,龟山一挡,愤然激怒,"炮碎龙湫,半空雪舞。看之惊眩,坐半日,颜始定"。此后我读了很多今人描述钱塘观潮的文章,但珠玉在前,相比之下,这些文章要么流于平常,要么流于琐碎,很难再打动我了。

崇祯十五年(1642),清兵入关的前两年,张岱四十六岁,在南京谒明孝陵,观祭,写下《钟山》,钟山即今日的紫金山。文中先描述钟山之王气景观,述说当时明太祖选陵寝时的典故,然后详细描述祭明孝陵的过程。我们可以跟随他的文字,感受当时肃穆庄重的氛围。先看环境:"飨殿深穆,暖阁去殿三尺,黄龙幔幔之。列二交椅,褥以黄锦,孔雀翎织正面龙,甚华重,席地以毡,走其上必去舄轻趾。

湖山

稍咳,内侍辄叱曰:'莫惊驾!'近阁下一座,稍前,为碽妃,是成祖生母。"看完环境,再看看用的什么祭品。"祭品极简陋。朱红木篚、木壶、木酒樽,甚粗朴。篚中肉止三片,粉一铗,黍数粒,东瓜汤一瓯而已。暖阁上一几,陈铜炉一、小箸瓶二、杯棬二;下一大几,陈太牢一、少牢一而已。"一个"简陋",一个"粗朴",可见到了明代晚期,一切从简,再也没有明孝陵刚启用时的奢华和细致。在那个没有摄像的年代,要想表现场景,除了绘画便是文字了,张岱这般描写,如同现场直播,让人如临其境。今天,我们一般人即使在现场,也未必能看得如此细致,即使看得细致,又未必能以如此精准的文字来逼真描述,这正是张岱的文字魅力。

张岱在天启二年(1622)六月二十四日初次来到苏州,这年他二十六岁。此行大概不是专程造访,而是刚好路过,因为他说"偶至苏州"。在葑门荷宕,他看到士女倾城而出,集中于此。"楼船画舫至鱼艓小艇,雇觅一空。远方游客,有持数万钱无所得舟蚁旋岸上者。余移舟往观,一无所见。宕中以大船

秦淮月

为经,小船为纬,游冶子弟,轻舟鼓吹,往来如梭。舟中丽人,皆倩装淡服,摩肩簇舄,汗透重纱。舟楫之胜以挤,鼓吹之胜以集,男女之胜以溷,敲暑燀烁,靡沸终日而已。"可见张岱游历时,有旁人没有的眼光,看到的和记下的都是另类的景象。

无独有偶,袁宏道也有一篇极短的游记《荷花荡》,同样记述了他在六月二十四日那一天游历葑门荷宕时的印象。"画舫云集,渔刀小艇,雇觅一空。远方游客,至有持数万钱,无所得舟,蚁旋岸上者。舟中丽人,皆时妆淡服,摩肩簇舄,汗透重纱如雨。其男女之杂,灿烂之景,不可名状。大约露帏则千花竞笑,举袂则乱云出峡,挥扇则星流月映,闻歌则雷辊涛趋。苏人游冶之盛,至是日极矣。"真是心有灵犀一点通,连用词都很接近,有些甚至是搬用,看得出张岱早期的文字受袁宏道的影响很深。袁宏道比张岱长一辈,和张岱的祖父张汝霖是朋友。在张岱写这篇游记的时候,袁宏道已经去世十二年了。袁氏三兄弟皆不长寿,老大袁宗道活了四十岁,老三袁中道活得最长,也不过五十三岁,袁宏道去世时年

湖山

仅四十二岁。

崇祯二年（1629），张岱来到山东曲阜拜谒孔庙。那时就有门票一说，叫作"买门"。只见宫墙上有一座楼高高耸起，上有匾额"梁山伯祝英台读书处"，把张岱吓一跳。在另一篇游记《孔林》中，也有一段文字："宣圣墓右有小屋三间，匾曰'子贡庐墓处'。盖自兖州至曲阜道上，时官以木坊表识，有曰'齐人归馈处'，有曰'子在川上曰处'，尚有义理；至泰山顶上，乃勒石曰'孔子小天下处'，则不觉失笑矣。"看来古时也不乏冒牌的假景点。记得有一年去山西洪洞县的明代古县衙参观，出门不远处立一牌匾，上书"苏三解甲处"，我也如张岱一般"不觉失笑矣"。

孔庙内有一棵孔子亲手种的桧树，张岱详细讲述了这棵树历朝中的数次枯荣与复活。"孔氏子孙恒视其荣枯以占世运焉。"张岱摩挲着树干，感觉滑泽坚润，树的纹理都扭向左边，敲树干有金石之声。张岱有诗《子贡手植楷》曰："孔林多异木，问名不能解。云是门人携，奇种遍四海。楷为子贡植，干朽

秦淮月

根不毁。石碣志其旁，根株尚蓓蕾。楷株多子孙，萧疏满林霭。大者为棋枰，小者作拄拐。留名在曲阜，三千年不改。轻薄大夫松，乃辱秦寮寀。端木命名时，其意自有在。惟不受秦官，真堪为世楷。"楷树又称黄连木，树干疏而不屈，刚直挺拔，自古是尊师重教的象征，相传最早就种在孔墓旁边，是众树之榜样。我们常说的"楷模"二字，最初也是从楷树和模树而来，模树相传种在周公墓旁。有趣的是，在圣人庙中，凡是明朝封号一律不用。孔家人说，天下只有三家人，孔家和江西张家、凤阳朱家。江西张家，道士气；凤阳朱家，暴发人家，小家气。到底是孔家人，就是牛！

张岱四十二岁那一年去了一趟宁波，写了一篇小文《日月湖》，我非常喜欢。此文可说是晚明小品文的典范，语言凝练，结构简洁，用典恰到好处，算是一篇极好的游记。宁波城内，南门附近有日月二湖。日湖是圆的，略小一点，所以叫日湖；月湖是长的，略方广，所以叫月湖。两湖中间有一道堤，以小桥相连。接着，张岱以日湖有贺少监祠，讲述了一则

湖山

唐代贺知章回乡的典故。张岱描述月湖景色时说："月湖一泓汪洋，明瑟可爱，直抵南城。城下密密植桃柳，四围湖岸，亦间植名花果木以萦带之。湖中栉比者皆士夫园亭，台榭倾圮，而松石苍老。石上凌霄藤有斗大者，率百年以上物也。"我读到此文时，文中景色豁然于眼前。读张岱文如观画，落笔轻描淡写，但一景一词，一物一语，绝不是随手拈来，并且绝无雷同。他所关注的细节和重点，为我以后的行旅提供了一个经验，所以我至今也不愿意参加旅行团组织的旅游项目。

顺治二年（1645），张岱与几个族兄弟为避兵乱，分别居住在剡中黉院，族中人陪同他去看龙湫百丈泉，作《百丈泉》诗。在诗前序中，他说："泉在万山顶上，屈曲棱层，盘郁数里，乘高泻浪，雪蹴雷轰，下悬百丈。余胸中磊块借以一吐，意甚开爽，为作是诗。"

庚子年（2020）秋，我与几位兄弟游雁荡，正值枯水期，龙湫百丈泉只剩下细细一缕，有如童尿，遗憾至极。再观泉之左侧石壁，满是摩崖石刻，是历

秦淮月

代留下的"到此一游"的证据。但不同于今人随意刻画,俱是名人高手书写完毕,托当地名匠勒石于此,故书法高古,值得留存。如头顶一石,乃以隶体刻:"同治辛未三月仪征方鼎锐子颖郑涴芷馨江都郭钟岳叔高来游。"清隶书风跃然石上。再看张岱当初看到的是什么景象。"余昔到龙湫,仰面看瀑布。银河堕半空,摇曳成云雾。今踞龙湫上,瀑布出吾胯。盘郁几千层,巉嶭得溪路。鲠咽不得舒,张口只一吐。万斛喷珠玑,百丈悬练素。闪烁雷电惊,奔腾鬼神怖。下临不测渊,应有毒龙护。石罅迸飞流,峦开巨灵斧。磅礴不可驯,山川为我怒。余欲比拟之,猛厉何所似?"由诗看出,张岱不止一次来过雁荡。上次来是在龙湫之下,仰观瀑布;而这一次却是在龙湫之上,看到的完全是另一种景色:水流由远而近,群流汇集于此,势不可挡,弯弯曲曲,阻隔不畅。忽至山渊处,猛然喷发,"万斛喷珠玑,百丈悬练素"。这个角度也是黄河壶口瀑布的观景位置,真是写得动人心魄。

"余少爱嬉游,名山恣探讨。"笔者前文曾提过

湖山

张岱的《大石佛院》一诗，正说明了他行旅的初衷，不是简单或随意的嬉游，而是处处探景，时时追故。他在《大石佛院》诗中说，"自到南明山，石佛出云表。食指及拇指，七尺犹未了"。大石佛之大，足可一窥。当年的石匠真乃能工巧匠，数丈高的石峰，仅仅雕刻成一颗佛头，到其腰间就超过一丈六。"问佛几许长，人天不能晓。但见往来人，盘旋如虱蚤。"妙的是诗的后半段，张岱称自己参禅到老，以色相求如来，都是自心所造，所以"我视大佛头，仍然一茎草"。张岱游景，与众不同，既要讨个去处，又要领略美景。年过耳顺之后，我懂了他行旅的目的，于是，我也如法炮制，不在乎去的地方多不多，只在乎去了之后得到了什么。

张岱的叔叔张联芳曾经驻守瓜州，张岱借住在于园，闲来无事去登金山寺。风月清爽，二鼓，犹上妙高台，长江之险，如同沟渠。一日，他们放舟前往焦山，山更曲折喜人。焦山又名"浮玉山"，位于今日的江苏镇江，因汉代隐士焦光曾经居住于此而得名。"江曲涡山下，水望澄明，渊无潜甲，海猪、海

秦淮月

马,投饭起食,驯扰若豢鱼。看水晶殿,寻《瘗鹤铭》,山无人杂,静若太古,回首瓜州烟火城中,真如隔世。"好一派世外桃源般的风致!饱餐一顿,睡足一觉后,张岱洗完澡出门,去拜访焦处士祠。只见昔日的隐士焦光,被塑成了享受厚禄的高官,礼服华美,"夫人列坐,陪臣四,女官四,羽葆云罕,俨然王者"。因为被当地人奉为土地神,故以王礼祀之。这就像曾任"右拾遗"的杜甫,被误以为是"杜十姨",杭州的杜拾遗庙,塑女像以祭拜;而"伍子胥"也曾被误以为是"五髭须",所以浙西吴风村的伍子胥庙,塑像有五撮须,千古不能正其非也。在《焦山》一文的最后,张岱不禁发问:"处士有灵,不知走向何所?"后人有评论言:"长江沟浍,猪马豢鱼,陶庵忘机矣,一见焦生,何遂不然?"

崇祯十一年(1638),张岱四十二岁,这是他活动最频繁的一年。二月,张岱游普陀,又至宁波天童寺。秋天,到南京,与闵汶水、曾波臣等相会,还听了柳敬亭说书,约王月生同游燕子矶。冬天,他前往牛首山打猎,最是意犹未尽,在《牛首山

湖山

打猎》一文中详细记载了全过程。

这年冬月,他同族人隆平侯和他的弟弟勋卫、外甥赵忻城,贵州人杨爱生,扬州人顾不盈,好友吕吉士、姚简叔,姬侍王月生、顾眉、董白、李十、杨能,一起去牛首山打猎。董白,就是后来归了冒辟疆的董小宛。张岱给来客们准备好了戎装,给女士们也准备了大红锦狐嵌箭衣、昭君套,骑着驽马缓慢前行,带着猎鹰,牵着良犬,随行的有一百多名火铳弓箭手,举着棍棒,旌旗猎猎。出南门,直达牛首山前后,开始狩猎,"极驰骤纵送之乐"。最终他们收获了一只鹿、三只麂、四只兔子、三只野鸡、七只猫狸。打完猎,兴致未减,接着在献花岩看戏,夜宿祖堂山。第二天午后,打猎归来,拿出鹿麂来款待大家,然后在朋友隆平侯家纵饮。江南人不懂得打猎,张岱只在图画戏剧里看过,今日以身试之,果然雄快。当然,他也说了,这样的活动恐怕只有皇亲国胄才有豪财支撑,普通人家是断然办不到的。

某日,张岱忽然来了雅兴,背着一个竹兜,带一老仆人游栖霞山,在山上住了三天。这是一座不高

秦淮月

不大的山,却被誉为"金陵第一明秀山"。张岱说:"山上下左右鳞次而栉比之,岩石颇佳,尽刻佛像,与杭州飞来峰同受黥劓,是大可恨事。"看来张岱对于处处刻石深恶痛绝,不论刻什么,总是破坏了眼界。好在"山顶怪石巉岏,灌木苍郁,有颠僧住之。与余谈,荒诞有奇理,惜不得穷诘之。日晡,上摄山顶观霞,非复霞理,余坐石山痴对。复走庵后,看长江帆影,老鹳河、黄天荡,条条出麓下,悄然有山河辽阔之感。"栖霞山也称作摄山,观霞是摄山顶上一景,而张岱只是坐在石上发呆。复返庵后,再观长江,山河何其辽阔,人又何其渺小。正巧碰到一位客人,直盯着张岱看,似乎认识他。张岱上前拱手作揖,问后得知,是萧伯玉先生。于是两人坐在寺里畅谈,寺里的僧人煮茶供奉。萧伯玉问张岱是否去过补陀,张岱说正好今年去过。补陀,即今日佛教四大名山之一的普陀山。张岱刚好写完《补陀志》,尚在箱底存放,便拿出来给萧伯玉看。萧大喜,给《补陀志》作序。两人谈兴未减,于是点火下山,住在一起,彻夜畅谈,无话不说。萧伯玉要求张岱

湖山

再留一宿方归。

南京还有一个地方是张岱每次前来的必访之地，那就是秦淮河。秦淮河两岸多建河房，便于居住、交际、纵情享乐，所以房资很高。即便如此，想入住者常常一房难求。河面上，"画船箫鼓，去去来来，周折其间。河房之外，家有露台，朱栏绮疏，竹帘纱幔。夏月浴罢，露台杂坐。两岸水楼中，茉莉风起动儿女香甚。女客团扇轻纨，缓鬓倾髻，软媚着人。"每年端午，南京士女满城，竞相争看灯船。有好事者集中百十条小艇，篷上挂羊角灯宛如联珠，船与船首尾相连，竟然能连十几只。"船如烛龙火蜃，屈曲连蜷，蟠委旋折，水火激射。舟中镬钹星铙，宴歌弦管，腾腾如沸。士女凭栏轰笑，声光凌乱，耳目不能自主。午夜，曲倦灯残，星星自散。"明人多有写秦淮河的小品文，总是本着各自的理解与角度，张岱的《秦淮河房》，甚是风雅。少年时也读过俞平伯与朱自清的同名散文《桨声灯影里的秦淮河》，亦是佳作，各有千秋。

崇祯四年三月（1631），张岱来到兖州，正好赶

秦淮月

上直指出巡阅武,有幸一观,写下《兖州阅武》一文,描述了阅武场上的盛况。"马骑三千,步兵七千,军容甚壮",阵法连变十余阵,奇在快捷而不在整齐。扮成"蓝军"的一百多骑兵,数里以外,烟尘涌起,"小如黑子,顷刻驰至"。"红军"出奇设伏制胜,一鼓擒拿至中军大帐。另外,还有姣童扮女三四十骑,在马上表演、奏乐,正如马术杂技。可见张岱第一次观赏这种阅武式,看得细致,写得震撼,短短两百多字,令人充分感受到现场的威武之气。

张岱一生去过三次山东,曾于二十岁和三十三岁两次登泰山。第一次登泰山时,他撰写了《岱记》;十三年后,第二次登泰山时,撰写了《岱志》,并在其文《泰安州客店》中详细记述了这次行旅的所见所闻。在去泰山进香的路上,离客店还有一里多远,便看见有二三十间骡马槽房;再走近些,有二十多处戏子的住所;还走近些,则是"密户曲房,皆妓女妖冶其中"。张岱感叹道,他以为这是整个泰安州的旅店规模,没想到只是一家旅店的规模。如果住店,先到前台,登记挂号,每人交三钱八分的例银,再

湖山

纳一钱八分的银税。客房分为三等,下等房的用餐,早晚都是素食,中午在山上,提供素酒干果,叫作"接顶"。晚上回到店里,设贺席。贺席也分三等:上等设专席,有糖饼、五果、十肴、干果、演戏;次等是两人一席,有糖饼、菜肴、干果,可以看戏;下等是三四个人一席,也有糖饼、菜肴、干果,但是不能看戏了,可以听弹唱。这家店里,演戏的地方就有二十余处,弹唱的不计其数。还有二十余处厨房,跑堂的服务员有一二百人。下山后,"荤酒狎妓唯所欲"。这就是一天的安排。上山下山的客人每天都有,但新旧客房不会混淆,荤素厨房也不混乱,迎送的仆役各司其职,真不知是如何管理的。更令人惊奇的是,泰安一州,可与这样的店相比的不下五六家。

虽登泰山,不言泰山,张岱此文,道出的是昔日泰安州因泰山而享誉天下的盛况。但他留下过登泰山的诗,诗曰:"正气沧茫在,敢为山水观?阳明无洞壑,深厚去峰峦。牛喘四十里,蟹行十八盘。危襟坐舆笋,知怖不知欢。"后人评说,前四句的"正气""深厚",写的是泰山的理,而非形。我当年登

秦淮月

泰山,步行十八盘,无论从下仰观,还是登顶鸟瞰,看到的俱是泰山的形体,是一览众山小的辽阔,而感受到的却是泰山之理对内心的冲击。山下旅店云集,只是没有张岱所记载的那种泰安客店了。

山下望如星河倒注浴浴熊熊又如隋煬帝夜遊傾數斛螢火於山谷間團結方開倚草附木迷迷不去者好事者賣酒緣出席地坐山無不燈燈無不席席無不人人無不歌唱鼓歙

張岱之龍山放燈節錄老橋書

第八章 龙山灯

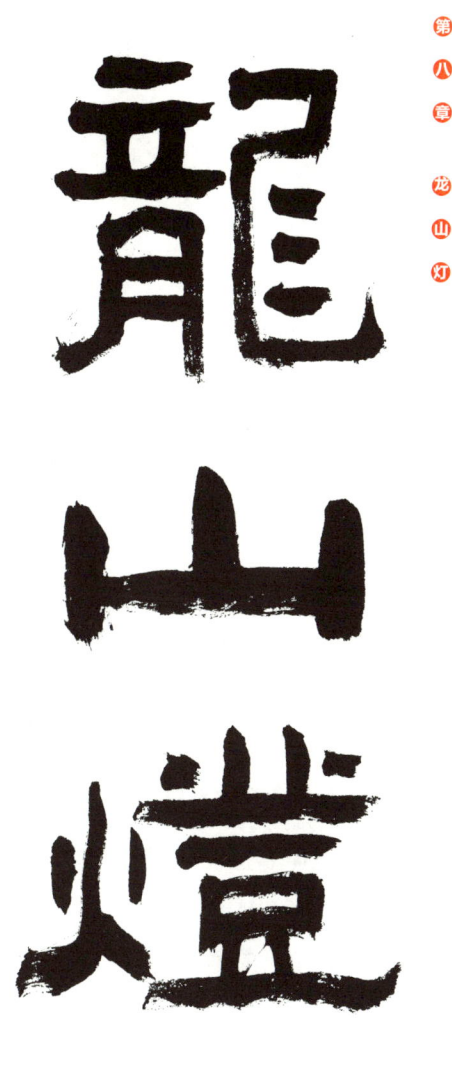

龍山燈

湖山

一

读《陶庵梦忆》之《绍兴灯景》,想起小时候每年正月十五挂花灯的往事。南北方民俗所同,十三上灯,十八撤灯,但是做灯却是腊月里的事,否则会赶不上正月十五的灯会。小时候做的花灯有好几种,一种是挂式的,相对大一点,用竹篾编骨架,如十二生肖、八角宫灯等造型,然后以铁锅熬糨糊,糊上彩纸,有些空白部位则用毛笔画画或写灯谜。花灯做好,放入灯泡,通上电,非常亮。一种是转灯,比较复杂,要靠风吹,使灯里的图画转起来。还有一种是手提式的,体积较小,做法也简单,内有一根铁丝,将其一头磨尖朝上,插入蜡烛底部后,点燃即可,大人小孩可以提着到处走,只是风大时容易熄灭。

到了挂花灯的日子,大街上人来人往,各家企业、商铺挂起各自做的灯,百灯百样,各有千秋。抬头是灯,手提是灯,整条街灯火辉煌。现在的花灯虽然花样翻新,形态各异,用了新材料,还有各种声光

龙山灯

电,但是正月十五的味道却不如从前了。我们还是回到四百年前,去看看张岱家乡的正月十五是什么样的光景。

绍兴人对自己家乡的灯非常自信,张岱不无自豪地说:"绍兴灯景为海内所夸者无他,竹贱、灯贱、烛贱。贱,故家家可为之;贱,故家家以不能灯为耻。"不论有钱人家还是穷苦人家,屋檐下没有不挂灯者。为了挂灯要设一个棚,"棚以二竿竹搭过桥,中横一竹,挂雪灯一,灯球六。大街以百计,小巷以十计。从巷口回视巷内,复叠堆垛,鲜妍飘洒,亦足动人。十字街搭木棚,挂大灯一,俗曰'呆灯',画《四书》《千家诗》故事,或写灯谜,环立猜射之。"此时,我们已经感觉置身于灯海之中,身边嘈杂声不断。城里的妇女结伴步行,往热闹的地方去看灯;也有大家小户坐在各自门前,吃瓜子、糖豆,看往来士女,一直到午夜;乡村夫妇很多是白天进城,穿戴齐整,东穿西走,叫作"钻灯棚",也叫"走灯桥"。只要天气晴好,天天都可以看到这样的场景。

湖山

万历年间的张家正是辉煌之时，张岱的父亲和叔叔们在龙山放灯，场面盛大。其他有钱大户也纷纷仿效，在山上放灯。张岱不仅仅是喜欢灯，还对此有很深的研究。他在另一篇小文《世美堂灯》中说，小时候曾骑在家里仆人的肩头看灯，"灯皆贵重华美，珠灯料丝无论，即羊角灯亦描金细画，璎珞罩之。悬灯百盏，尚须秉烛而行，大是闷人"。张岱记得《水浒传》里有《灯景诗》，中有一句："楼台上下火照火，车马往来人看人。"此句已尽灯理。张岱说，灯不在多，总求一亮，所以他每次放灯"必用如椽大烛，专令数人剪卸烬煤，故光迸重垣，无微不见"。说到这里，张岱讲了一个故事。十年前，一位姓李的同乡，在福建做县丞，抚台委托他做花灯。他挑选了几个雕刻佛像的工匠，"穷工极巧"做了十架灯。做了两年，灯终于做好了，但抚台已经故去，于是他把这些花灯藏在木棂中，带回了家乡。又过了十年，他听说张岱喜欢灯，便想把它们送给张岱，张岱付给他五十两白银，认为这些银两不足灯的造价的十分之一。于是张岱把它们作为主灯，以烧珠、

龍山燈

料丝、羊角、剔纱等辅助材料来搭配。这十架灯成了张岱收藏的镇宅之宝。

张岱说他还记得五岁时的事情,也可能是听过大人们的讲述。万历二十九(1601)正月十五,张岱的父亲和叔叔们在龙山放灯,削木头做了上百个灯架,涂上红漆,罩上锦缎,每挂一盏灯都要经历三个步骤。灯也不是全挂在架子上,沿山谷道路,枝头树梢挂满了灯。从城隍庙到蓬莱岗,处处都挂着灯。从山下望去,如"星河倒注,浴浴熊熊",又如隋炀帝夜游,倒出无数的萤火虫在山谷之间,依附于草木,迷迷不散。好事人卖酒,沿山席地而坐,"山无不灯,灯无不席,席无不人,人无不歌唱鼓吹"。想必正是从小就经历过如此盛大繁华的灯事,张岱才在日后的很多年,钟情于研究、制作、收藏花灯。

湖山

二

张岱从小就喜欢砚台，但少年时并不懂得评价砚台的美丑。他说徽州的汪砚伯，把仿古的字题在砚台上，普通的砚台立刻身价百倍，越中的藏石皆不及。后来，因为见的砚多了，渐渐懂得其中的奥妙。张岱曾经托好友秦一生为他寻找砚石，城中没有。山阴狱中有一大盗出一石，未曾雕刻，要价二斤银子。当时张岱正好去了杭州，秦一生不敢妄自决定，便找来张岱的堂弟燕客来鉴定。燕客指着石中的白眼说，黄牙臭口，这种石头只能留着支桌子，并让秦一生把它还给大盗。结果当天晚上，燕客却以三十两银从大盗手中买下了这块石头，并让汪砚伯制了一方天砚。砚上有五颗小星，一颗大星，砚谱里称为"五星拱月"。燕客担心被秦一生看见，于是铲去大小二星，仅留下三颗小星。秦一生知道后非常懊悔，对张岱道出原委。张岱闻言大笑，言"犹子比儿"，意为砚在燕客那里，或在自己手里，无甚分别。

龙山灯

张岱找到燕客,想要一看究竟,燕客小心翼翼地捧出来。只见此砚色如马肝,酥润如玉,背部隐隐有白丝类玛瑙,刻着如手指螺纹一般纤细的篆文,上面的三颗星凸起如弩眼,着墨无声而墨泅烟起,看得秦一生"口张而不能翕"。燕客请张岱题砚铭,张岱题曰:"女娲炼天,不分玉石;鳌血芦灰,烹霞铸日;星河溷扰,参横箕翕。"

说起题铭,张岱是当仁不让的,为砚题铭尤其多,诸如:"入溪山,坐清樾。携尔来,志日月。""薄如叶,赤如柿。郑虔学书,用以为纸。"他还为宋砚改铭:"服则乡,而貌则古。譬诸孔子,少居鲁,衣逢掖之衣,长居宋,而冠章甫。"他为一个"紫袍玉带砚"所题的铭文更有意思,铭曰:"砜也藏玉之理,石也发水之光,砚也乃具人之冠裳。譬犹范也,腰有鞶带,是为蜂王。"

张岱的二叔张联芳是一位远近闻名的收藏家,从小在外游学,精于鉴赏。他收有白定炉、哥窑瓶、官窑酒匜等。一位叫项墨林的朋友想用五百两银子买,张联芳推辞说,要留着殉葬。万历三十一年

湖山

（1603），张联芳科考落第后到了淮安，看到有铁梨木的天然几，长丈六，阔三尺，滑泽坚润，非同一般。淮安的李抚台花三百五十两没能买到，张联芳用了二百两银子就拿下了，然后急忙运走。李抚台大怒，派兵跟踪，"不及而返"。铁梨木就是黄花梨，如此大尺寸的天然几，如今是见不到了。这一年，张岱刚七岁。

万历三十八年（1610），张联芳又得到一块三十斤重的原石，用水冲洗干净，石缝中有光射出，颜色有如鹦鹉绿、祖母绿，看得出这是非常好的翡翠，张联芳大喜。绍兴朱氏也是收藏大家，他家有"龙尾觥""合卺杯"，"雕镂锲刻，真属鬼工，世不再见"。于是，张联芳招募了玉工，仿朱家的"龙尾觥""合卺杯"，各做一个，卖了三千两白银。剩下的片屑寸皮，都成了宝贝。张联芳得了上万巨资，收藏更加丰富。这年，张岱十四岁了，后来他痴迷于收藏，也是受二叔的影响。

龙山灯

三

张岱从收藏中悟出了不少人生道理。他说："诗文书画未尝不抬举古人，恒恐子孙效尤，以袖攫石、攫金银以赚田宅，豪夺巧取，未免有累盛德。"因此，张岱若细细钻研一项爱好，领悟到其不良后果之后就会戛然而止，比如斗鸡。

二叔张联芳是斗鸡高手，但往往与张岱过招而失败。天启二年（1622），这一年张岱二十六岁，他仿唐代王勃，作了一篇《斗鸡檄》，此文笔者将在下篇《陶庵梦》中展开来说。张联芳、秦一生每日携带古董、书画、文锦、川扇等物，和张岱斗鸡，张岱的鸡屡屡得胜，张联芳很不服气。于是将鸡爪绑上铁刺，将芥末粉撒在鸡翅下面，据说这是古人驯鸡的方法，也为斗鸡规则所允许。汉代的樊哙就是斗鸡高手，有人说徐州武阳侯是樊哙的后人，他们家驯的鸡，"斗鸡雄天下，长颈乌喙，能于高桌上啄粟"。张联芳还派人寻查过其后人，看是否留下过什么绝活。

尽管如此，张联芳还是不能取胜，非常愤懑。一天，张岱读稗史，有一篇文说唐玄宗以酉年酉月生，好斗鸡而亡其国，而张岱也是酉年酉月生，至此他退出了斗鸡社，叔侄二人重新和好。

我还读过袁宏道的一篇《山居斗鸡记》，篇幅较长，关于斗鸡的细节描写更为惊心动魄。我相信，张岱是一定读过的。

四

记得在电厂当学徒时，我曾从一位喜欢文学的老师傅那里借过一本《镜花缘》，竖排繁体，人民文学出版社出版。书的开篇就说武则天巡东都洛阳，寒冬之时，命百花一夜之间怒放，唯牡丹仙子不畏女皇权势，拒绝开花，于是受到惩罚。所以我对牡丹除了有美之赞叹外，还有一种敬畏之感。我有时会画

龍山墋

牡丹,但是却没有把牡丹作为主角,而是常常做背景,比如清供图中,或是怪石之后。小写意牡丹,近代当数王雪涛,雅俗共赏;大写意牡丹则是吴缶老,富贵大气。

每年的四月二十日为洛阳牡丹节,我曾经两次于这个时候去洛阳感受牡丹盛宴。每次都是洛阳海洋馆的董事长丁宏伟接待并安排。铁路法院的献文是个牡丹迷,能辨上百种牡丹。宏伟每次请他陪同,我倒是和他学了不少牡丹的知识。除了洛阳,山东菏泽的牡丹也好,只是我从来没有去过。

张岱在自撰墓志铭中说自己"好花鸟",读其全集,写花鸟的诗文的确不少,难能可贵的是,他的角度总是别出心裁,立意独特,比如短文《天台牡丹》就是如此。《天台牡丹》不到两百字,文曰:"天台多牡丹,大如拱把,其常也。某村中有鹅黄牡丹,一株三干,其大如小斗,植五圣祠前。枝叶离披,错出檐甃之上,三间满焉。花时数十朵,鹅子、黄鹂、松花、蒸栗,萼楼穰吐,淋漓簇沓。土人于其外搭棚演戏四五台,婆娑乐神。有侵花至漂发者,

湖山

立致奇祟。土人戒勿犯，故花得蔽芾而寿。"意思是说，天台山上种了很多牡丹，而且通常都有两手合围那么大。某个村子里有鹅黄色牡丹，一株分三条枝干，其中大的牡丹花有如小斗，种在五圣祠前。牡丹枝叶交错，一直延伸到屋檐之上，覆盖了三间屋子。花开时，有几十朵，颜色繁多，花萼层叠。当地人在牡丹外搭棚唱戏，四五个戏台，争相取悦花神。如果有人损伤了花瓣，就会招致奇怪的祸患，所以当地人对牡丹花朵分外庇护，牡丹花也能长久地生长。张岱没有去过洛阳，没见过皇家牡丹园的规模，但从他的文字描述来看，天台山的牡丹亦是一绝。难怪后人评论说："陶庵记此花不减林下风味，语虽幸之，而意实惜之，与赋影园者有间矣。"现在的牡丹经过了科学育种、嫁接栽培，品种和颜色已经远远超过了古时。

张岱还写过一篇《金乳生草花》，是说他的朋友金乳生在自己住宅前的空地上，筑小轩，设竹篱，临街土墙内砌花坛，种"草木百余本，错杂莳之，浓淡疏密，俱有情致"。接下来，小小院落，四时皆景。

龍山燈

"春以莺粟、虞美人为主,而山兰、素馨、决明佐之。春老以芍药为主,而西番莲、土萱、紫兰、山矾佐之。夏以洛阳花、建兰为主,而蜀葵、乌斯菊、望江南、茉莉、杜若、珍珠兰佐之。秋以菊为主,而剪秋纱、秋葵、僧鞋菊、万寿芙蓉、老少年、秋海棠、雁来红、矮鸡冠佐之。冬以水仙为主,而长春佐之。其木本如紫白丁香、绿萼玉楪蜡梅、西府、滇茶、日丹、白梨花,种之墙头屋角,以遮烈日。"乳生体弱多病,早上起床,不洗不漱,趴在台阶下,花根叶底,捕捉虫害。虽然有上百种花草,但一天必须过一圈,而且对付害虫有一套自己的办法。事必躬亲,虽冬日冰手,夏日焦额,不管不顾,这才是爱花之人。我自己家也有一小院,只种两池花草,常常顾不过来拾掇,更谈不上按季节种植。读到乳生养花的辛苦,无论用心还是用力,确实难以做到。不过对于身体孱弱的他来说,辛苦种花也可能是健身养心的好办法。

"一尺雪"是芍药的变种,看花名就觉得很雅,张岱曾经在兖州见过此花。花瓣纯白,没有须萼,没有檀心,没有星星红紫,"洁如羊脂,细如鹤翎,

湖山

结楼吐舌,粉艳雪胰"。上下四方,占地三尺,枝干小而弱,力不能支。花蕊大如芙蓉,要绑一个架子来扶持。江南一带,只闻此花,没有花种。即使有种,也没有适合的土壤,所以除了兖州以外,其他地方不容易见到。张岱好奇的是,兖州这个地方种起芍药来,如同种麦子的规模,等到花开的时候宴请宾客,"棚于路、彩于门、衣于壁、障于屏、缀于帘、簪于席、茵于阶者,毕用之,日费数千勿惜"。张岱在兖州时,朋友剪了数百朵送到他的寓所,"堆垛狼藉,真无法处之"。

张岱在兖州时,被当地朋友邀请去赏菊。在离城五里地的一个园子里,周旋了半天,一枝菊都没看到。园子主人把他请到一处空地,有苇编的三间棚舍,张岱进去一看,不敢说是菊,简直就是菊海。棚舍的三面砌了三层花坛,花坛的高度是按照菊花的高度来设置的。"花大如瓷瓯,无不球,无不甲,无不金银荷花瓣,色鲜艳,异凡本,而翠叶层层,无一叶早脱者。"这简直就是时下的大棚育花。兖州的士绅家都沿袭王府的气派,每到赏菊之日,所有家具、

龍山燈

器皿、衣服花样等等，无不与菊有关。

江南文人喜欢梅花，张岱必然也情有所钟。他写了很多赏梅的诗文，有一首《雨梅》别出心裁："古人爱观梅，原重其骨格。色香不足论，所重唯洁白。"张岱有《梅花书屋》一文，梅花反而不是主角，重点是牡丹、滇茶、西番莲、秋海棠等。

张岱的朋友孙旭阳是位种兰高手，张岱说他"白垩朱栏造书堂，鱼魫兰花十数缸。繁英簇簇出新妆，妃青配白发异香。"每逢鱼魫兰盛开的时候，孙旭阳总是会邀请花友雅士来家里赏兰品茶。"雪芽轻投初沸汤，昧爽黎光透纸窗。苒苒绿粉起烟霜，客来一刻坐称觞。"观赏兰花不过一刻，遗留在衣服上的香味却是几天都不会散去。种兰辛苦，沙土比例，浇灌水量，需要细细留意，风雨霜雪都要操心，屋里屋外来回搬腾。如果长出新芽，还要分析哪些可以留，哪些要剪去，得细细留心几个月不离眼。张岱忍不住感叹，孙旭阳简直到了"爱此花石入膏肓"的地步。

湖

山

五

  张岱学琴并不早，二十岁时才拜王侣鹅为师。绍兴学王明泉派的只有王侣鹅了。张岱先学《渔樵问答》《列子御风》《碧玉调》《水龙吟》《捣衣》《环珮声》等曲子。两年后又师从王本吾，半年学了二十多首曲，如《雁落平沙》《山居吟》《静观吟》《清夜坐钟》《乌夜啼》《汉宫秋》《高山》《流水》《梅花弄》《淳化引》《沧江夜雨》《庄周梦》，此外还学了《胡笳十八拍》《普庵咒》等小曲十余种。

  可以看出张岱学琴的悟性非常高，能用两年半的时间掌握如此多的曲子，何况他还有那么多的事情要做，不知道是如何分配时间的。张岱说王本吾"指法圆静，微带油腔"，他学其法，练得由生到熟，又由熟到生。"以涩勒出之，遂称合作。"和他一起学琴的范与兰、王士美、燕客、平子都没有学成，何紫翔和尹尔韬学得王本吾八九分，一个稍嫩，一个稍过。张岱与王本吾、何紫翔、尹尔韬取四张琴，同时弹一

龙山灯

首曲子，如同一双手弹，听的人很是叹服。

绍兴的琴友不过五六人，一年也不操琴弹奏，怎么能弹好？为此，张岱组织了一个丝社，每月必集合三次。《丝社》一文，既展示了张岱组织丝社的初衷和学琴的决心，也展示了他的文学功底。"偕我同志，爰立琴盟，约有常期，宁虚芳日。杂丝和竹，用以鼓吹清音；动操鸣弦，自令众山皆响。非关匣里，不在指头，东坡老方是解人；但识琴中，无劳弦上，元亮辈正堪佳侣。既调商角，翻信肉不如丝；谐畅风神，雅羡心生于手。"此处用东坡典故，乃因东坡有《琴诗》一首："若言琴上有琴声，放在匣中何不鸣。若言声在指头上，何不于君指上听。"张岱正是从东坡诗中领悟了学琴的更高境界，学琴与学禅相同，求得其中悟性。我也喜欢古琴，但没有坚持学下去。一是需要足够的时间练琴，目前我还做不到；二是手指因抹弦而疼痛，不等磨出老茧就放弃了。但是我非常喜欢听古琴曲，几乎收藏了所有古琴曲目的唱片。每逢写字画画时，放一曲《流水》，或是《梅花三弄》，顷刻，书房满是松风吹涛，或瀑布溪流之声。

湖山

笔下节奏缓急,水墨淋漓,心画相和,琴书合一。

张岱喜欢能工巧匠制作的精美物件,比如前面提到的灯、砚等等。他写给王二公的诗中,提到过一件遗憾的事。当年他遇到魏子一(魏学濂),让他看了一件东西——一艘用橄榄核雕刻的小船,据说是虞山的王毅所雕的东坡游赤壁的场景。后来他见到海宁的王二公,雕刻功夫胜过北宋初的黄筌。"镂刻须弥属鬼工,只用细细杨梅核",这杨梅核更显细小,王二公在上面雕的竟然是《水浒传》中的黑旋风李逵,手持两把板斧,直劈过来,"筋骸股胁与毫毛,丑貌狰狞怪眼出"。此外,他还雕刻了双枪将董平,"绣旗两面十字题,介胄层层如蠛翼"。看到这件作品的人,无不为之咂舌惊叹。这已经是三十年前的事了,但是他与王二公成了莫逆之交。数年前,王二公许诺张岱用砗磲和犀魄给他雕刻梁山好汉做念珠,正好是一百零八粒。张岱只恨自己当时没有下决心,没有降伏群魔的佛力。今天,王二公已然老了,张岱也已处贫困之中,这个愿望此生难以实现了,只能"愿结青城未了缘,三生石上寻圆泽"。

龙山燈

六

明清之际，是书画艺术发展的又一高峰时期，尤其是江浙一带，名家辈出，风格各异。在创作上，比宋代多了个性的发挥，比元代多了自由的空间。明代后期，大家辈出，如华亭的董其昌、苏州的沈周及"吴门四家"、绍兴的徐渭等等。

既然我们寻找明清之际的文学巨匠张岱的踪迹，那么我也非常期待能够欣赏到张岱的书画遗墨，因为时间上并不遥远。但遗憾的是，张岱似乎没有多少笔墨传世，也可能张岱从不以书画见长。

黄裳旧藏的张岱《琅嬛文集》手稿，被影印在《张岱诗文集》里，很典型的文人字，随意洒脱，涂涂改改，用笔纤细，规整有度。张岱喜欢收藏，自然是家中三代以上相传，加之家里经济实力雄厚，二叔张联芳又是行家里手，应该是张岱的收藏启蒙老师，但是张岱在《自为墓志铭》中说自己"好古董"，并不"好书画"。不过张岱见过很多古代书画的真迹，

湖山

给历代书画名家写了很多跋,从中不难看出张岱是懂画史、懂鉴赏的高手,也对书画艺术秉持独特的审美观。

他在鉴赏元代画家吴镇所画的竹子之后说道,元代的高人都隐入了画史之中,如黄公望不知道最终去了哪里,也可能成仙而去。"梅花道人"吴镇虽以笔墨自见,但很低调。他一生清贫,以卖画为生,因生活难支,也曾在村塾中教书,在钱塘等地算卦卖卜。至正七年(1347),六十八岁的他侨寓嘉兴春波门外的春波客舍,专写墨竹,常与友人会于精严寺僧舍,心仪佛门,自称"梅沙弥"。四年后,他回到魏塘,给自己的墓碑题字"梅花和尚之塔",后来兵乱,只有他的墓未被毁坏。吴镇与黄公望、倪瓒、王蒙合称"元四家"。他十八九岁开始学画,师法巨然,曾游历杭州、吴兴,饱览太湖风光,善用湿墨表现山林景色,笔力雄劲,墨气沉厚,又不同于巨然的"淡墨轻岚"风格,可谓青出于蓝。他喜欢画"渔父图",也喜欢画松竹一类。张岱说,见到吴镇画的竹子,才知道画竹的妙法,也理解了他的书法之精到。

龙山灯

如同龙宫探宝，如果没有一双好眼力，是无法辨别的。

张岱说过自己有两位"书画知己"，一是陈洪绶，二是姚简叔。这两位的作品，大概张岱收藏不少。前面提过，张岱曾给陈洪绶写信，抱怨他放在自己家未画完的作品就有一百多幅，拖拖拉拉，不肯完工。其实张岱身边善画者多矣，二叔张联芳就是一位，他正是陈洪绶的岳父。张岱在张联芳的画之题跋中说道："余叔守孤城，距贼垒三十里，有故人缒城来访。余叔多其高义，就灯下泼墨作山水赠之。此二事，皆非今人所有。故此画皴法如猬毛倒竖，棱棱砺砺，笔墨间夹有剑戟之气。"敌军近在咫尺，战斗间隙，还为来访的老朋友绘画，这是何等沉静的心态，一般人难以做到。笔墨之间有"剑戟之气"，自是理所当然，只可惜张联芳积劳成疾，病死在淮上。张岱七十三岁时翻出一幅二叔画的山水画，落款是"万历乙巳"，距今已是六十四年了。张岱感慨之余，在画上题跋道："葆生叔于万历乙巳年作此画，余甫九岁，今传已六十四矣。而墨气淋漓，著纸犹湿，重岚叠嶂，于雨后观之，方尽其妙。"

湖山

前面提到的张岱好友姚简叔,曾与张岱到报恩寺访友,见到有册页百方,都是宋元名笔。姚简叔眼光透入重纸,"据梧精思,面无人色"。回来后,姚简叔为张岱临摹了一幅苏汉臣的画:画中有一小孩儿坐在澡盆旁准备洗浴,似乎怕水热,一脚踏入水中,一脚退缩欲出;有一宫人蹲在盆旁边,一手扶小孩儿,一手为小孩儿擤鼻涕;旁边坐着一位宫娥,一小孩儿洗完出浴,趴在她膝上。另画一图:宫娥盛装端立,有所等待,梳着双鬟尾;一侍儿捧盘,盘中有两只碗,面向客人;另一宫娥也端着盘及茶具,详视端谨。再看原作,一笔不差,可见姚简叔的功底深厚。

晚明之时,除了宫廷院体画家、以画为生的民间画家之外,有一批士大夫以书画为寄托,远离世俗,追求优雅生活。譬如张岱的好友祁世培、祁止祥兄弟。祁世培曾经官至兵部尚书,总督川湖、云贵,诗文、书画皆有造诣。他们家自建的"寓园"有四十九景,祁世培为景作画,并请张岱作跋。张岱在《祁止祥癖》中说"余友祁止祥有书画癖",他曾在祁止祥的画上写道:"士人作画,当以草隶奇字

龙山灯

之法为之，树如屈铁，山如画沙，绝去甜俗蹊径，乃为士气。"他还说，祁止祥的画学元代的吴镇，既取法他，又能脱离他，如漏网之鱼，令人不可捉摸。

崇祯十七年（1644），张岱和弟弟燕客去淮上为叔叔张联芳奔丧，回程偶遇王铎，便与王铎同船往杭州。一路二人谈论书画，王铎见张岱所携一把折扇，是蓝田叔所作的米家山水，重峦叠嶂。他取快刀砍掉上半截，换画轻淡远山，更觉奇妙了。因米芾之子米友仁住京口，见北固诸山，与海门连亘，取其境为《潇湘白云卷》，所以说"得其烟云灭没，便是米家神髓也"。

黄公望活到九十时，依旧貌如童颜；米友仁活到八十时，眼明耳聪，头脑清醒，说是以画中烟云供养的结果。蓝田叔也到了望八的年纪，他画的枯木竹石，笔力愈老愈健，"盖得力于服食烟云者，应亦不少"。蓝田叔，即蓝瑛，字田叔，号颇多且独具一格，如东郭老农、蝶叟、山叟、万篆阿主者、西湖研民等，晚号石头陀。明末清初的画坛，"吴派"和"松江派"大行其道，蓝瑛的山水画从中脱颖而出，成为

湖山

代表浙地画坛风格的一时之选,画史以"武林派"宗主称之。张岱几次为其画作题跋,可见与他的关系不一般。但张岱并不因为交往深厚,俱是溢美之词,反而有话直言,比如他认为蓝田叔"画米家山者,止取其烟云灭没,故笔意纵横,几同泼墨。然不知其先定轮廓,后用点染,费几番解衣盘礴之力也"。

前面提到的王铎,是明清之际的书法大家,官至南明弘光朝东阁大学士,顺治元年降清,授礼部尚书、弘文院学士。王铎工行草,学颜真卿、米芾,笔力雄健,长于布白,兼能山水、兰竹。他与张岱见面八年后,溘然长逝。有一年我去洛阳,当地一位文化达人索彪先生陪我专程去孟津游王铎纪念馆,孟津当地医院的田院长一同前往。纪念馆比较荒凉,乱草蓬蓬,除了翻拓的王铎书碑外,还有全国当代书法名家的作品,远不如"千唐志斋"值得一看。

张岱的祖父与徐渭是好朋友,徐渭去世四年后,张岱才出生。但是张家应该收藏了不少徐渭的书画作品,故张岱自幼熟悉于心。他在《跋徐青藤小品画》中说:"唐太宗曰:'人言魏徵倔强,朕视之更觉

龙山爇

妩媚耳。'倔强之与妩媚，天壤不同，太宗合而言之，余蓄疑颇久。"张岱如今看到徐渭的许多作品，"离奇超脱，苍劲中姿媚跃出，与其书法奇崛略同"，这才知道唐太宗所言确实不差。过去的人讲，王维诗中有画，画中有诗；张岱认为徐渭书中有画，画中有书。张岱对画者的技法尤其讲究。他说："画家有皴法染法，如塑工增塑佛像，点染补缀，增一笔有一笔之妙。若云林笔意，则萧疏懒散，用笔如斧，用墨如金，佛家所谓减塑也。"上述评论亦可为今日学习古人传统的绘画理论。

张岱认为，天下之人如果想做得特别好，未必可以做好，所以古今的好字好画，都是无心得来的。他举了两个例子，比如王羲之的《兰亭集序》、颜真卿的《争坐帖》，都是从草稿而来，后虽摹仿再三，都不能达到最初的水平。"今观谑庵五帖，皆陆癯庵见其醉中属草，就手攫得之者也。纬止珍爱，亦如萧翼赚出兰亭，掩藏疾走。试展卷开看，亦见山花能遍地发否？"今天看到王谑庵的五幅书法，都是陆癯庵见王谑庵大醉，顺手拿走的。如当年萧翼骗取

湖山

辩才和尚的《兰亭序》,慌忙逃走一样。你如果打开试试,看遍地山花能否开放?

这位王谑庵也是山阴人,名思任,字季重,晚年号谑庵,张岱还为他写过传。王谑庵从小写字,十三岁就师从漏衡岳先生,寄宿在嘉兴的葵阳公家里,学业进步很快。万历甲午年(1594),弱冠之年的王谑庵中了乡试,一年后又成为进士。他的书法很有名,无论士林学究,还是村塾顽童,无不口诵他的文章。王谑庵曾经做过县令,不愿为五斗米折腰,得罪了督邮。此后仕途困顿,三仕三黜。虽然仕途不利,但是王谑庵是一位非常有骨气的人。清兵至山阴,他闭门不出,写大字"不降"。清贝勒驻扎在城内,王谑庵躲进山林,誓不朝见,不剃发,不进城。一次偶感风寒,就绝食断水,临死之时,连呼"高皇帝"三声,一代书法名家离世而去。

张岱的好友王文聚用隶书写《兰亭集序》后,请张岱作跋。张岱说,黄庭坚曾言"世人但学兰亭面,欲换凡骨无金丹",讽刺临摹兰亭帖者,都是学其表面,而没有得到真正的精髓。王文聚是王羲之

龍山燈

的四十二代孙,张岱评价他的书法"楷法既精,复长汉隶,乃以蔡中郎石经笔法,为兰亭开一生面,银钩铁勒,古劲无比"。王文聚笔下之字的秀颖之气,仍是王羲之《黄庭经》《笔阵图》的风骨遗传,就如同与祖父的相貌相比,后世子孙肥瘦愚聪不同,但看其骨骼规模,没有不相似的。过去人讲"公侯之家,必复其祖"。但王文聚则是另有肉身,还想剔骨还父——他继承和发扬了王羲之的风骨,并形成了自己的风格。

张岱对于书画的爱好,丝毫不亚于行旅、古董、剧曲、美食、茶事等,而且鉴赏水平之高,难有并肩者。因为家藏丰厚,见多识广,从书画技法到作品意境,他都有自己独到的见解。每逢题跋,都能从不同角度说出一番道理。特别是在清兵攻下山阴的这一年,张岱经历了多少兄弟好友,或自绝于世,或含恨被杀。他虽苟活于人世间,但看到这些人的书画遗作,能不回首往事,感慨万千吗?

故知世間山川雲物水火草木色聲香味莫不有冰雪之氣其所以恣人挹取受用之不盡者莫深於詩文蓋詩文只此數字出高人之手遂現空靈一落凡夫俗子便成臭腐此其間真有差之毫厘失之千里

張岱之一卷冰雪文後叙老橋書

第九章 陶庵夢

陶菴夢

湖山

一

二十世纪三四十年代,周作人等人提倡言志性灵、幽默闲适的散文创作,有"言志派"一说。可以说这番提倡,令影响了后世近四百年的晚明小品重新流行起来。民国期间,很多学者、作家的散文小品,都有晚明文学的遗风,诸如胡适、周作人、俞平伯、郁达夫、朱自清、沈从文、梁实秋、台静农等等。近十几年来,生活节奏加快,对恬淡静心的慢生活的渴望,又一次将晚明小品文推到了读者面前。

明朝的后一百年,出现了以袁家三兄弟为代表的"公安派"和以钟惺、谭元春为代表的"竟陵派",跨朝代的文学巨匠张岱就是这一时期的代表人物。张岱早期的文字深受"公安派"和"竟陵派"的影响,尤其是受袁宏道的影响。他前五十年生活于晚明,后四十年生活于清初,大部分传世的文学作品出自五十岁之后,但是内容却多是关于五十岁之前的,故称"梦忆"。

陶菴夢

张岱一生著作等身,可谓天下一大才子。《陶庵梦忆》是其代表作,在他的众多作品中,可以说是最上乘的一部,并奠定了他在中国文学史上的地位。浙江古籍出版社出版的《张岱全集》中,《陶庵梦忆》的前言如是说:"《陶庵梦忆》是张岱最负盛名的著作,其个人写作风格也最为浓郁。若仅有此书而无他书,张岱犹不失为张岱,若无此书而有他作,张岱便不足为张岱。"这个评价非常准确,也由此看出张岱的小品文造诣最高。我喜欢张岱,正是从他的小品文开始的。《陶庵梦忆》中的《湖心亭看雪》一文,我曾用各种书体抄了无数遍,铭记于心。通篇一百五十九个字的小品文,加一字则多,减一字则少。如果今人写这篇文章,没有两千字大概说不清楚。

张岱的老朋友王雨谦曾在《陶庵梦忆》的序言中说:"戛戛独造,巍然大家。"他对张岱的散文推崇有加,说他是"大作手,其一字一句更有鬼斧神工之妙,不得不让此老三舍",可见张岱写文不拘常理,常常有出乎意料之句。王雨谦又说,张岱文章"无句不雕琢,而斧凿之痕熔化殆尽",不仅是文字,就连构

湖山

思也与众不同,谋篇布局如同排兵布阵,出奇制胜。什么"巧思雨集,隽句云来",什么"鬼斧神工,琢出金玉之章,不必掷地,已闻大声铮铮",足见王雨谦与之惺惺相惜。其实王雨谦比张岱小两岁,但是张岱对王雨谦非常尊重,常以"弟"谦称。

张岱推崇"小能统大",并坚信"阳羡口中吐奇不尽,邯郸枕里变幻无穷"。他所追求的散文美学境界,犹如景观建筑,能收揽大地山河,含纳巨观宏图:"瓮牖与窗棂,到眼皆图画。"在他的眼中,门窗做框,透过去看,皆是完美的一幅画。小品文不小,如同小品画同样可以展示名山大川、万里山河。

就像我第一次在中国美术馆看到李可染先生的《万山红遍层林尽染》,尺幅不大,约三平尺多,却能展现出万里江河的高远意境。

张岱说:"一粒粟中藏世界,半升铛里煮山川。"这种小中见大的美学追求,被他贯彻到自己的小品文中。晚明文学研究专家夏咸淳先生说:"这种散文美学追求表现在创作实践中,便是以小寓大,以精驭繁,将晚明小品文'短隽'的艺术特色发挥到极致。"

陶庵梦

朱剑芒先生的《陶庵梦忆考》对张岱的文字作了详细的分析，许多观点值得我们今天重新咀嚼。张岱之所以能写出《陶庵梦忆》这样的著作，不能不说和他的家世有直接的关系。他曾经有过半个世纪奢华而浪漫的生活，见多识广，阅历丰厚，这为他后来的书写奠定了坚实的基础。张岱的诗文能够存世流传，至少有三个条件：一是至少上追两代，有风雅、富足、浪漫的生活背景；二是到张岱这一代，仍然可以无忧无虑地生活，且有满足自己爱好的条件；三是张岱本人有广泛的交际、清玩的悟性、文学的天赋。缺乏其中任何一个条件，张岱都不足以成为一代传奇。

我从八十年代开始读明清小品文和笔记资料小说，袁中郎、徐渭、陈继儒、张岱等人，对我的写作有很大的影响。读得越多，越发觉得，后世鲜有如此"短隽有味"的文字。不得不说一句，在那个信息闭塞、出行不便的时代，游记小品却是小品文的重点，正所谓："游历是作者浪漫生活的中心，纪游文是作者文学表演的脊梁。"

湖山

二

《琅嬛文集》中有《斗鸡檄》一篇,"天启壬戌间好斗鸡,设斗鸡社于龙山下,仿王勃《斗鸡檄》,檄同社"。此篇虽题目格调不高,但文字的确很美。文中曰:"惟尔统军某者,系出会稽,曾以一啼杀吴郡;材如苟变,肯将二卵弃干城。扫净中原,须效枕戈以待旦;赚开函谷,何烦吹角而启关。变碧扬旆,犳师实兼金马;联绳带焰,摄敌疑是火龙。谈向宋窗,下马能草露布;鸣当桑树,登高善测风云。张两翼以战垓心,敢辞踯躅;拔一毛而利天下,何惜飘零。蓄锐桃源,留作穴中之斗;争雄巨鹿,藉为壁上之观。磨喙垂头,有如季犁之战象;绘衣散彩,无异田单之火牛。翎堕而血溅桃花,冠碎而肉攒罂粟。煦妪啜食,旋踵只欲乘虚;膈膊交拳,偷窥辄思伺隙。势宜缓取,翰音岂可登天;利在急攻,鸡肋忍教弃地。"

为什么要摘录如此长的一段原文?因为我们不仅

陶菴夢

可以从中看出张岱的文字功夫，也可以看出文章的结构和组合。琅琅数百字，这斗鸡场面，堪称惊心动魄。斗鸡虽为游戏，亦从战术出发，排兵布阵，犹如大战当前。骈文的应用，手到擒来；四六句组合，工整对仗，没有深厚的基本功，根本写不出来。本来想译为白话，但无奈发现，不论多么贴近文意的白话文，也无法呈现出原文的美感、合律的节奏。所以，能懂则懂，不明白处，朗读亦是好的。

张岱的好友祁止祥说张岱的游记有一种"空灵晶映之气"，这大概是因为张岱对于文章的取舍，第一眼正是看有无"冰雪之气"。他说"余所选文，独取冰雪"，冰雪可生物，可寿物，而"人生无不藉此冰雪之气以生"。对于美的显现，他说："则剑之有光铓，与山之有空翠，气之有沉瀣，月之有烟霜，竹之有苍蒨，食味之有生鲜，古铜之有青绿，玉石之有胞浆，诗之有冰雪，皆是物也。"

张岱有一本文集，名字就叫作《一卷冰雪文》。在序中他说道："若夫诗，则筋节脉络，四肢百骸，非以冰雪之气沐浴其外，灌溉其中，则其诗必不佳。"

湖山

这是一个新鲜而准确的提法。我们阅读一篇好文章时，第一感觉是"干净"，没有絮絮叨叨，也不拖泥带水；我们赞美一位好姑娘时，会说她"冰雪聪明"，看到她以后，从眼到心，皆觉清爽。对诗文的要求达到"冰雪之气"的境界，古今唯张岱耳。

"公安派"的领头人袁宏道曾倡导"独抒性灵，不拘格套"的创作精神。有人说张岱的诗最初是学钟惺、谭元春的"竟陵派"，说得不错。但是再往后，他的诗受徐渭的影响更多。他写文章，则推崇袁宏道，是最忠实的"性灵派"的实践者。正如夏咸淳先生所说："张岱是我国古代散文家中最擅长为市井众生造像的神工妙手。"如其小品文《柳敬亭说书》，人物刻画惟妙惟肖，生动逼真。柳敬亭是经常出现在张岱诗文中的南京三友之一，另二人分别是艺妓王月生、茶人闵老子。先说柳先生的形象："南京柳麻子，黧黑，满面疤瘤，悠悠忽忽，土木形骸。"再说他说书时受人欢迎的程度："一日说书一回，定

陶菴夢

价一两,十日前先送书帕下定,常不得空。"张岱讲述亲自听柳麻子说《景阳冈武松打虎》的白文[①]一段:"其描写刻画微入毫发,然又找截干净,并不唠叨。勃夬声如巨钟,说至筋节处,叱咤叫喊,汹汹崩屋。武松到店沽酒,店内无人,謩地一吼,店中空缸空甓皆瓮瓮有声。闲中着色,细微至此。"

写完小品文,张岱还觉得不过瘾,又写同名长诗一首。有趣的是,张岱的诗往往比文章要长,茗茶、美食、人物皆是如此。《柳敬亭说书》诗曰:"先生古貌伟衣冠,舌底喑呜兼叱咤。劈开混沌取须眉,嚼碎虚空寻笑骂。"

[①] 当时说书分大书和小书两种,大书有说无唱,小书说兼唱。柳敬亭说的是大书,故称白文。

湖山

三

除了善写人物，描摹风景也是张岱笔下一绝。他不像很多散文家那样，写景即写景，写物即写物，写人即写人，他常把景、物、人糅到一起来写，如石涛的山水画，点睛的却是其中的微小人物，分外鲜明。

张岱写景常常另辟蹊径。周作人在《陶庵梦忆》的序中说道："张宗子是个都会诗人，他所注意的是人事而非天然，山水不过是他所写的生活的背景。"前面说过，张岱一生尤爱西湖，除了《西湖梦寻》以外，《陶庵梦忆》中还有很多关于西湖的名篇，如《西湖七月半》。人人皆来看湖，唯有张岱，目光都落在西湖拥拥攘攘的游人身上："西湖七月半，一无可看，止可看看七月半之人。看七月半之人，以五类看之。其一，楼船箫鼓，峨冠盛筵，灯火优傒，声光相乱，名为看月而实不见月者，看之。其一，亦船亦楼，名娃闺秀，携及童娈，笑啼杂之，环坐露台，左右盼望，身在月下而实不看月者，看之。

陶庵梦

其一,亦船亦声歌,名妓闲僧,浅斟低唱,弱管轻丝,竹肉相发,亦在月下,亦看月,而欲人看其看月者,看之。其一,不舟不车,不衫不帻,酒醉饭饱,呼群三五,跻入人丛,昭庆、断桥,嚣呼嘈杂,装假醉,唱无腔曲,月亦看,看月者亦看,不看月者亦看,而实无一看者,看之。其一,小船轻幌,净几暖炉,茶铛旋煮,素瓷静递,好友佳人,邀月同坐,或匿影树下,或逃嚣里湖,看月而人不见其看月之态,亦不作意看月者,看之。"

尽管在《西湖雪》一章中,我已经详细说过此篇,此刻又忍不住抄录了一整段。原文之妙,反复读之,只觉余味悠长,难舍字句。张岱的文章易懂难学,他用词丰富、引典准确,但从不故意掉书袋,用晦涩的词汇,让人猜度。

《陶庵梦忆》中有一篇很短的小品文《庞公池》,我喜欢其中赏月的情节。庞公池终年很难找到船,何况夜船,更何况看月而船。自从张岱在池畔的山艇子读书,便留了一叶小舟在池中。只要是月夜,必夜夜出游,沿城池至北海坂,往返将近五里路,

湖山

盘旋游荡在庞公池中。"山后人家,闭门高卧,不见灯火,悄悄冥冥,意颇凄恻。余设凉簟,卧舟中看月,小傒船头唱曲,醉梦相杂,声声渐远,月亦渐淡,嗒然睡去"。"舟子回船到岸,篙啄丁丁,促起就寝。此时胸中浩浩落落,并无芥蒂,一枕黑甜,高春始起,不晓世间何物谓之忧愁。"短短百十字,将夜船赏月的过程写得如此动人,我仿佛被带到那个安静的月夜,闲卧小舟,船夫唱曲,篙声丁丁,月光柔柔。又是一篇有"冰雪之气"的美文。

四

当年,俞平伯准备重新出版《陶庵梦忆》,请周作人为其写序,不仅因为周作人是当代散文大家、俞平伯的老师,还有一点,因周作人说自己"从前是越人"。清末,张岱的很多文集都在坊间出版,诸

陶庵梦

如《琅嬛文集》《西湖梦寻》《一卷冰雪文》等等，但是都不如《陶庵梦忆》受欢迎。周作人说："我觉得《梦忆》最好。""《梦忆》所记的多是江南风物，绍兴事也居其一部分，而这又是与我所知道的是多么不同的一个绍兴。"周作人、鲁迅都写过绍兴往事，他们笔下的绍兴与张岱笔下的绍兴的确相差甚远。

俞平伯在1927年重新出版《陶庵梦忆》时作跋："作者家亡国破，披发入山。'遥思往事，忆即书之，持向佛前，一一忏悔'，作书本旨如是而已。而今观之，奇姿壮采，于字里行间俯拾即是，华秾物态，每'练熟还生以涩勒出之'，画匠文心两兼之矣。"

散文家、出版家黄裳对张岱的诗文情有独钟。黄裳曾在《陶庵梦忆》的跋中说："宗子散文名家，设想奇警，而笔端又能传之。明清之际，无逾此公者。"他还说："描摹物情，曲尽其致。笔端有鬼，辄能攫人物之精灵，牵一发而全身皆动矣。向来作者，未见有如此才华者。"黄裳点出了张岱诗文为什么能传承于世、吸引历代读者的关键之处。作为一位出版家、散文大家,黄裳学识渊博,幽默风趣,在戏剧、新闻、出版等领域颇有建树。他著有《锦帆集》《黄裳书话》等作品,最让人感动的是,以九十二岁高龄在《收获》杂志开辟《来燕榭书跋》专栏,堪称"壮举"。黄裳的散文也受晚明小品影响,能看出袁宏道、张岱的影子。

  周作人由衷羡慕张岱的文笔,他说:"张宗子是大家子弟,《明遗民传》称其'衣冠揖让,绰有旧人风轨',不是要讨人家欢喜的山人,他的洒脱的文章大抵出于性情的流露,读去不会令人生厌。"说起来,我很喜欢周作人的小品文,尤其是一些描写生活的文章,能使人内心的节奏松弛下来。私以为周作人的小品文亦流露出浓厚的晚明遗风,精致考究,古意淡然,但在风格传承的同时,又有语言上的创新,堪称典范。

陶菴夢

五

张岱于顺治十二年（1655）完成了《快园道古》，文体仿刘义庆的《世说新语》，设盛德、学问、经济、言语等二十门。内容多为家人前辈、亲朋挚友、名流雅士的轶事遗闻，但诙谐博雅，语言精练，警言金句甚多，读来轻松快乐。他在书中说："吾想月夕花朝，良朋好友，茶酒相对，一味庄言，有何趣？"张岱其人就不是"庄严"之人，他的文章，除了写史比较严肃，其余皆自然清爽，这与他的性格有关，和陶渊明、苏东坡对他的影响也是分不开的。我常想幸而如此，如果改朝换代之时，张岱也自绝于世，我们就看不到如此美妙的文字和晚明文人雅士的生活状况了。

张岱在《快园道古》的小序中把他所写的故事总结为：非坚人志节、非长人学问、非发人聪明、非益人神智、非动人鉴戒、非广人识见，而不道。"道古"不是泛泛地记录和讲述，每一则故事都有不同的

湖山

含义,这是文化高人和一般文人的区别。比如,在第十四卷《戏谑》中,有这样一则故事:"成化末,刑政多乖。阿丑剧戏于上前,作六部差遣状,命精择之。一人云:'姓公名论。'主者曰:'公论如今去不得!'一人曰:'姓公名道。'主者曰:'公道如今行不通!'后一人曰:'姓胡名涂。'主者曰:"胡涂如今才是当行!'"这有点像如今流行的脱口秀的谐音梗,寓庄于谐。

前文我曾数次提到张岱的好友鲁云谷,他是一位医者,爱茶艺,有洁癖,性豪爽。张岱为其作传,写鲁云谷性格、爱好、待人接物,无不使他感动。"云谷居心高旷,凡炎凉势利,举不足以入其胸次。故生平不晓文墨而有诗意,不解丹青而有画意,不出市廛而有山林意。"我很喜欢这组排比形式和它所表达的含义。仅仅几句,鲁云谷的旷达个性便跃然纸上。张岱给很多人写过传,其中有好友,有亲人,有交情可算普通的人,甚至有他人所托的陌生人。可见张岱每写一传,都以真心实意,绝不应酬敷衍。这一点深受司马迁的影响,也承袭了作史之家的家风。

陶菴梦

顺治十一年（1654）八月，这年张岱已经五十八岁了，仍旧住在快园。不过此时的快园已经不复当年，他只占用了一小部分。《琅嬛诗集》的自序就是此时所作。他在序中说，自己早年初学写诗，喜欢徐渭，遂学之。后因袁宏道也喜欢徐渭，所以亦学袁宏道。作为万历年间文学革新派的旗手，袁宏道对徐渭倍加推崇，他曾说："文长奇才，一字一句自有风裁，愈粗莽，愈奇绝，非俗笔可及。"张岱的族弟、诗人张毅孺说张岱的诗"酷似文长"，张岱听闻这句话后，感到自悔，把类似徐渭的诗付之一炬，重新学习钟惺、谭元春的诗，刻苦十年，"涤骨刮肠"，才逐渐形成了自己的风格。张岱悟道："余于是知人之诗文如天生草木花卉，其色之红黄，瓣之疏密，如印板一一印出，无纤毫稍错。"他说他的老朋友吴系曾经梦到徐渭，梦中的徐渭说张岱就是他的后身，此生是专门为收他丢失的诗稿而来。

徐渭的诗与他的画有着异曲同工之妙。有段时间，我临摹徐渭的水墨花鸟画，总是不得其法。徐渭最为著名的作品是《墨葡萄图》，画上题诗正是

湖山

他典型的诗风:"半生落魄已成翁,独立书斋啸晚风。笔底明珠无处卖,闲抛闲掷野藤中。"我见过很多人学徐渭的水墨花卉,最终不得不放弃,或者自以为学到了手。很多人认为徐渭的水墨笔意就是随意而为、狂放不羁,其实不然,因为他的诗文给绘画带来了深厚的滋养,落下的每一笔,俱是其诗文浸透了笔墨,而这正是当下最缺乏的艺术思想和审美理念。

六

除了长诗,张岱还擅长五言律诗,仅仅咏方物就写了三十六首,"自是老饕,遂为诸物董狐"。董狐是春秋晋国的史官,亦称"史狐",王雨谦因张岱写过《老饕集序》以及三十六首《咏方物》而称其为美食史家。同样,张岱为王雨谦所作的《虎史》写序,也说他是"虎之董狐"。

陶庵梦

风云尚未变换之时，祁世培竭尽财力、物力、人力构建寓园，又向四方名人雅士征集寓园诗、词、文、赋、铭、记及图画，编成《寓山志》一书。其中收录了张岱五言绝句二十二首、《寓山铭》（并序），当时有人评论张岱的诗"读之齿舌间作旃檀气"，称其铭出"坡公得意"，为寓山名园增色不少。张岱也能词，但存世不多，《琅嬛文集》收词十七首，其中十六首均为"寄调蝶恋花"，为祁世培所绘寓园景致而作一景一词，类似于描述"西湖十景"。

前半生钟鸣鼎食，看尽世间繁华；后半生陶庵一梦，历遍人间风雨。年近七十的张岱，依然要承担全家的饭食，于是在快园开垦种地，其劳作过程也入诗以记。如《舂米》诗曰："身任杵臼劳，百杵两歇息。上念梁鸿才，以助缚鸡力。"感慨自己年岁已老，舂米这事儿，已经力不从心。"老人负舂来，舂米敢迟刻？连下数十舂，气喘不能吸。"不要说此时年事已高，年轻时的张岱，提笼架鸟、倚窗闲读，何尝做过埋首躬耕的庄稼事？"因念犬马齿，今年六十七。在世为废人，赁舂非吾职。"可见此时奴婢仆人已经

湖山

全散了，为了尚留在家中的小儿孙，张岱不得不舂米做饭，唯独后悔，自己少年时连杵臼都不认识。

尽管手无缚鸡之力却不得不辛苦下田，张岱依然是乐观的，他在诗作《担粪》中，流露出一种自嘲般的轻松。他说，此生不能做的两件事，一是下棋，二是担粪。棋可以不下，粪怎么能近身？今日打理园子里的蔬菜，为了施肥而烦恼。既然要施肥，又怎么能离开大粪？"窗下南瓜荣，堂前茄树嫩。天气稍干封，粪须旦晚运。婢仆无一人，担粪固其分。"窗下的南瓜长势正好，堂前的茄子刚刚结果。一早一晚必须担粪施肥，既无婢女也无仆人，那么自己责无旁贷了。最后，张岱想起"余闻野老言，先农有遗训。日久粪自香，为农复何恨"。是啊，时日久了，那些不得不做的辛苦营生，也能生出回甘般的诗意。

这叫我想起聂绀弩的近体诗《清厕同枚子》中的几句："君自舀来仆自挑，燕昭台畔雨潇潇。高低深浅两双手，香臭稠稀一把瓢。""何处肥源未共求，风来同冷汗同流。天涯二老连三月，茅厕千锹遭百

陶庵梦

愁。"相隔遥遥四百年，身处完全不同的时代，诗人所感所想，却是如此相似。

总体说来，张岱的诗如其文，好懂、好读，正如后人评论，张岱的诗可以做散文，散文可当诗来读。这正是我所喜欢的风格。我想，这种风格的形成，或许与他喜欢陶渊明、苏东坡有很大的关系，他们毕生所作，无非是化复杂难解的人生境遇，于冲淡平和的诗句之中。

写到这里，又想起张岱在《陶庵梦忆》的自序中感慨："鸡鸣枕上，夜气方回，因想余生平，繁华靡丽，过眼皆空。五十年来，总成一梦。今当黍熟黄粱，车旅蚁穴，当作如何消受？遥思往事，忆即书之，持向佛前，一一忏悔。"这些年来，我的脑海中总是时不时浮现出青灯古佛前，张宗子一个人萧索的背影。若有可能穿越这遥遥的时空，我真想前往那一刻，缓缓走上前，拍拍他的肩膀，与他相视，如故友般会心一笑：你可知陶庵这一场梦啊，你做了五十年，可三百多年以后，有人仍在梦中，不曾醒来。

湖
山

北高峰

靈峰探梅

九里松

駐隱橋